kusushi no
majo desuga,
nazeka fukugho de
rikon-daiko
shiteimasu
薬師の魔女ですが、
なぜか副業で
離婚代行しています
2
Kosuzu Kobato
小鳩子鈴
Illust.
珠梨やすゆき

「先読みの魔女と、そう言ったな」
「言ったよ。それがどう……っ」
師匠から受け継いだ
薬局を営む落ちこぼれ魔女
カーラ
近衛騎士団第一隊副長にして
魔女嫌いな騎士
セイン
離婚代行をすることに……？

「条件は、アンジェの顧客の離婚を手伝うこと」
「……は？」
思わぬ形で、二人で再び

「滅多に会いに来なくてごめんね。元気でやってるよ」
祈りの形に組む代わりに両手を前に出して
魔法で光の粒を出す。
きらきらと瞬く金色の光を雨のように降らせると、
触れた草花が嬉しそうに揺れた。

マースデン家子息夫人にして
今回の依頼人
フローレンス・マースデン
「奥様、しんどそうだし時間もないので
いろいろ省きますけど、先にこれだけ。
できればお茶やお酒、
冷たいものは控えて、
柔らかく煮込んだスープとかの、
口に入れやすくて消化に良いものを
摂るようにしてください」
「えっ？　ええ、分かりましたわ」

カーラの数少ない魔女友
ネティ
「ハーブティーは好まれます？」
「あの、カモミールティーが好きですが」
「それもちょっとお休みしましょうか。
ジンジャーティーやホットミルクの
ほうがいいですね」

contents

薬師の魔女ですが、なぜか副業で離婚代行しています 2

kusushi no majo desuga, nazeka fukugho de rikon-daiko shiteimasu

Kosuzu Kobato
小鳩子鈴
Illust.
珠梨やすゆき

I × カーラの薬局

セルバスター国王太子アベルとヘミングス公爵令嬢パトリシアの成婚は、かねての予定通りに執り行われた。

好天に恵まれた寿《ことほ》ぎの日。式を挙げた王都の中央大聖堂周辺には王太子夫妻の晴れ姿を一目見ようとした大勢が詰めかけ、大変な騒ぎとなった。

さすがの王都でもこれほどの盛況ぶりは現国王夫妻の婚礼以来だというが、あちこちで目を光らせている警察や騎士のおかげで大きな事件や事故がなかったのは幸いだ。

王宮作法に則《のっと》った婚礼の儀は三日間にわたり、城下はお祝いムード一色。

宿屋や食堂はどこも満員御礼で、通りにも臨時の露店や屋台が軒を連ね、常とは違う賑《にぎ》わいに沸き立った。

カーラの薬局がある路地裏も例外ではなく、すぐそこまで屋台が出張ってきた。

だが、薬局のほかは店舗もなく、もともと寂しい場所である。にわか景気に湧いた期間は表通りよりずっと短く、早々に元の静かな一角に戻った。

それから日が経《た》ち、ようやく城下全体も落ち着いてきた。

もちろん、結婚を祝う記念の品や土産物はまだ店の売り場の一角を広く占めているし、「王太子夫妻の次回の公務《デート》はどこになるか」が賭けになる程度に盛り上がりは続いているが。

表通りの賑わいとは縁のない路地裏は、昼下がりだというのに今日も閑散として煤《すす》けた石壁だけが続いている。

その壁と同じくらい古い木扉に、王立学園の制服を着た女生徒がためらいなく手をかけた。

「いらっしゃ――なんだ、リリスか」

「なんだってなによう、カーラ！　せっかく美少女が来てあげたのに、ひどーい！」

チリンと鳴ったドアベルの音にカーラが振り返ると、立っていたのはリリス・キャボットだ。

肩までの栗色《くりいろ》の髪につぶらな茶色い瞳。十人に聞けば十人が「可愛《かわい》い」と答える容姿の彼女は、アベルとパトリシアの破局を画策した企みの実行犯であり、首謀者に脅迫された被害者でもある。

そのリリスは、カーラのそっけない態度にぷうと頬を膨らませた。

「だって呼んでないし」

「またまた！　あたしに会えて嬉《うれ》しいくせにー」

「別に。まあ、美少女ってとこは同意してあげる」

「うふふ。でしょ！」

自信ありげに微笑《ほほえ》むリリスに、カーラは呆《あき》れ顔を隠さない。

（……なんで懐かれちゃったかなあ？）

学園でリリスが暴走させた魔法陣を解除し、諸々《もろもろ》の元凶となった魔道具のブレスレットを外してやったのはカーラだ。

そのことに多少は恩を感じたかもしれないが、まさか足しげくこの薬局に通うようになるなどと思うはずがない。

内心で首を捻《ひね》りながら商品を並べ続けるカーラにはお構いなしで、相変わらず閑古鳥《かんこどり》が鳴いている店内を見回したリリスがぼそっと呟《つぶや》く。

「今日もお客がいない……」

「リリス。文句があるなら出て行きなさい」

「ないっ、ありません！」

ピクリと頬を引きつらせたカーラにキッと睨《にら》まれたリリスは、慌てて軽すぎる詫《わ》びを言いながら勝手にカウンターの椅子に腰掛ける。

（まったくもう！）

カーラの薬局には、パトリシアの実家であるヘミングス公爵家からも定期的に注文が入るようになった。

とはいえ、石けんやハンドクリームが多少売れたところで劇的に収入がアップするわけはない。

ちゃんとした薬を作るために魔法の訓練を再開したものの、腕前は変わらず、内服薬は今も売り物にならない出来だ。

訓練に使う材料費の支出が増えているため店はやっぱり赤字続きで、口コミで依頼される変身魔法を使った離婚代行の報酬でどうにかやっている。

（結局まだ一件も離婚成立してないし……あーあ、いつになったら胸を張って成功報酬をもらえる

んだろう）

目的とは反対の結果でも、依頼人は満足して謝礼金を弾んでくれる。それでも毎回がっかりである。

（……それにしても、リリスはなにをしに来るんだか）

歪《いびつ》な魔法陣による影響で体調を崩していたリリスだが、今はすっかり回復して学園にも通い、卒業後に就職予定の魔術団にも復帰している。

学園の特待生でもあるリリスは学業優先であるべきで、こうして頻繁に城下で遊んでいる暇はないはずだ。

商品を棚に並べ終えると、カーラは一度調剤室に引っ込んで、薬草と乳鉢を手にカウンターの内に立つ。

ここ数回で、リリスがすぐには帰らないのは分かっている。

作業をしながらでないと時間がもったいない。

薬草をちぎって乳鉢に入れつつ、カーラはカウンターの向こうで頬杖《ほおづえ》を突くリリスに問いかけた。

「今日は休みじゃないでしょ。授業はどうしたの」

「それがねえ、午後はずっと魔術実技の授業なんだ。あたしには簡単すぎるから、自主休校にしたの」

つまりは、授業をサボったのだとリリスは悪びれずに答える。

くるりとした茶色の瞳を上目遣いにして肩を竦《すく》める仕草は可愛らしいが、カーラに懐柔は当然効かない。

「特待生がズル休みはまずいんじゃない？」

「だってえ、『水の魔法陣を描いてみよう！』なんて基礎の基礎なんだもん、今さらでしょ。それに、あたしがいるとやる気をなくす学生が多いって教授に言われたんだ。それって、授業に出るなってことじゃん」

「はあ？　なにそれ」

リリスは魔術に優れており、その能力を見込まれて学園に特待生枠で入学した。

彼女の作り出す魔法陣とその威力を身をもって体験したカーラも、リリスの能力はそのへんの教授を凌駕《りょうが》しているのは事実だと思う。

王宮魔術師から直接指導も受けている彼女に、初歩の授業など必要ないというのも間違いではない。

（でも、だからって「授業を受けなくていい」っていう態度は教職としてどうなの？）

「国の最高学府の教授が、自分の技量不足を棚に上げるとは情けない」

しかも、ほかの学生を理由にしているのが不愉快だ。

教えることがないとしても手本として生徒の前で披露させたり、助手として手伝ってもらったりなど色々できるだろうに。

「うふふ、教授よりデキる生徒《あたし》がいると自分の立場がない、とか思ってるんじゃない？」

「くっだらない。そんな役にも立たないプライドなんて捨てればいいのに」

自分のことのようにむすっとするカーラに、リリスは嬉しそうに顔をほころばせた。

「いいの。あたしに必要ない授業だっていうのは事実だしね」

「自主休校の理由は分かったけど、なんで薬局《うち》に来るの。家族のところとか魔術団とか、ほかに行くところあるでしょ」

家族の話題を振られて、リリスの表情がパッと明るくなる。

連座の名目で王妃に保護されたリリスの家族は今、王城内にある薬草園で働いており、職員宿舎に住んでいる。

学園の寮生であるリリスとの同居はならなかったが、気軽に行き来できる距離だ。

「家族のところにはね、後で行くんだ。今日は弟の診察日だから、今は医療院に行ってるはず」

「ああ、そっち。弟さんの体調はどう？」

「この前変えた薬が効いているみたい。夜中の発作が減ったって」

「そう、よかったねえ！」

「うん！　領地の古いあばら家よりお城の職員宿舎のほうがずっと住みやすいし、王都に来られてよかったよ。王妃様には本当に感謝してる」

今年で十歳になるリリスの弟は生まれつき体が弱く、呼吸器系の発作を頻繁に起こすそうだ。

環境的には田舎のほうが静養に向いているように思われるが、ダレイニー領には製紙工場があり、空気はむしろ王都のほうがきれいなのだという。

そのうえ地方に医師は少なく、受診の機会も限られていた。

だが今は両親が王城勤務となったため、王宮医療院の治療が職員価格で受けられる。そのため病状は落ち着き、回復の兆しも見えているそうだ。

住み慣れた領地を離れて王都への移住を命じられたリリス一家だが、その結果には恩しか感じていないという。ここでも光る王妃の手腕にカーラは改めて感心する。

「お城の医療院は見立てもしっかりしてるって評判だからね、安心していいと思う」

「今度の薬のほうが苦いって弟は言ってるけど、それでもカーラの薬よりはずっと飲みやすいはずだしね」

「ちょっとリリス、それはわたしに失礼じゃない？」

「あははっ、でも事実でしょ」

「ぐっ」

否定できないのがつらい。

朗らかに笑うリリスの笑顔は同性でも目を引くほどの魅力がある。こうしていると屈託なく陽気に見えるが、学園や魔術団での彼女の立場はあまりよろしくない。

学園というところはもともと、貴族や裕福な商人の子女が学生の大勢を占める。

教師も卒業生であることが多いため、地方の平民、しかも特待生として入学したリリスは最初から浮いた存在だった。

さらに、小さな社交界と言われる学園《そこ》で、リリスは婚約者がいる王太子に言い寄ったのだ。

アベルとパトリシアの仲が元通りになってから、学園のカフェテリアで三人で食事をしたりして関係修復を周囲に印象付けたというが、略奪愛を仕掛けたリリスに対する令嬢からの反感はなかなか消えないだろう。

（ガゼボの火災はリリスの魔術が原因っていうのは公然の秘密だし。事件の背景を学生にも話せたらいいいんだろうけど、まだ無理だっていうしなあ）

ダレイニーの共犯とみなされているサドラーは、まだ見つかっていない。そちらの捜査に影響するため、リリスが家族を盾に脅されていたという事情は今も非公開だ。

そのため生徒の多くは単純に、パトリシアに嫉妬したリリスが魔法陣を暴走させたのだと思っている。

二人が学園を卒業し、結婚した今も、リリスと仲良くしようという学生はおらず、また本人が優秀すぎるために教授陣からは腫れ物に触るような扱いを受けている。

だが、こういった冷遇を甘受することも織り込んだ上で、実行犯のリリスにかなりの情状が酌量されたのも事実。

それゆえ学園の居心地は悪いが文句はないと、本人はサッパリとしている。

（リリス本人が悪評を気にしていないのは救いだけど、強がってそう見せているだけかもしれないんだよね）

誰にも頼れず、自分だけで踏ん張らなければならない場面があるということは、カーラも知っている。この薬局を継いだときがそうだった。

カーラがどうにもリリスを憎めないのは、昔の自分を重ねてしまうからかもしれない。

（入学早々に王宮の魔術団に就職が決まったような逸材だもの。学園を卒業すればすぐに頭角を現して、のびのび暮らすようになるでしょ）

学園と違い、実力主義の魔術団は、身分や出自を理由に拒否されたりはしない。

今は例の事件の影響があって魔術団でもやりにくそうだが、今後実績が伴ってくれば評価も変わるはず。

リリスの感じている疎外感は一時的なものだ。

その間、カーラの近くにいたいならいればいいとも思う。

だが、魔女仲間のほかは、薬師《くすし》として関わる以外の知り合いなどほぼないカーラである。客でも身内でも友人でもないリリスの扱い方が分からず、持て余し気味であった。

（本当は学園で友達ができれば一番いいんだろうけど……って、貴族のお嬢さんにリリスの相手は無理かあ。数少ない平民の子も「特待生はまた別枠」って感じで距離があるっぽいし）

魔女は基本的に他人と深く関わらないタイプが多く、仲間内でのしがらみも少ない。

人間関係の構築に必要である細やかな機微に欠けている自覚はあるため、リリスに偉そうなことも言えなかった。

（あと、それだけじゃなくて）

男性の前では、あからさまに態度を変えるリリスの行動も問題だろう。

学園で将来の伴侶を探している令嬢にとっては、我慢しがたいに違いない。恋や結婚は他人事《ひとごと》なカーラは気にならないし、むしろ分かりやすくていいと思うのだが。

「じゃあ、魔術団には行かないの？」

「あっ、そうだ、カーラ聞いてよ！　新しい担当教官が決まったんだけど、おじいちゃんなの！

こんなに若くて可愛いあたしのペアがおじいちゃんって、どういうこと⁉」

「べつにどうでもいい」

「よくない！　魔術の腕より外見が大事なのに！」

「言い切るねえ」

リリスの訴えを左から右に聞き流しつつ、カーラはカウンターの下で薬草をゴリゴリと潰《つぶ》し続ける。

ちなみに使っている乳鉢は、魔女友ネティが作った魔道具だ。

作業中は薬草の状態を新鮮なまま保つだけでなく、意図しない材料の混入を防ぐ魔法がかかっている便利な一品である。

おかげでこうして、店頭のカウンターで話しながらでも作業ができる。

「だって、誰になるかすっごい楽しみにしていたのに、おじいちゃんなんて……いくら団長でも、あたしのやる気が半減しちゃう」

「えっ、団長が新しいリリスの担当になったの？　すごいじゃん。有名な人だったよね、ええと、ユー……なんとか」

「ユースタス。ユースタス・マッケイ団長」

「ああ、そんな名前だった気がする」

「もう、カーラってば。そのへんの子供だって魔術団の団長の名前くらい知ってるのに」

「わたしはそのへんの子供じゃないから仕方ない」

「屁理屈《へりくつ》！」

「なんとでも言って。興味のないことまで覚えてられないもの」

会いもしない人物の名前より、薬草や調剤の知識を脳内に蓄えておきたいだけだ。

魔術団でのリリスの担当教官は、副団長のサドラーだった。

彼は不穏な魔法陣を刻んだブレスレットを製作したことで事件に関与し、逃亡した。現在も行方不明のまま、重要参考人として指名手配されている。

魔術団の体質――能力さえあれば、人柄や思想などどうでもいい――が、サドラーの不祥事に繋《つな》がった一因だ。是正が求められているが、すぐに改善されるようなものではないだろう。

リリスがサドラーと共同で行っていた「魔法陣の透明化」などの研究も休止状態が続いているが、リリスはそれについてあまり興味がないらしい。

それより、と頬を膨らませてカウンターの上でこぶしを握る。

「ちっとも嬉しくない。サドラー副団長は、おじさんでも顔はよかったんだもん。ダークブロンドで目は鳶色《とびいろ》だからキラキラはしてなかったけど、格好よかったし……もう、なにを楽しみに魔術団に行けばいいのか分かんない」

「リリスがそんなんだから、おじいちゃんがついたんじゃない」

「えー、そんなのってあり？」

続くリリスの愚痴によると、魔術団でリリスの指導教官だったサドラーに代わり、誰をリリスの担当にするかでしばらく揉《も》めたそうだ。

リリス自身も問題を起こしたことは事実だが、優秀な魔術者である彼女を魔術団は手放したくないだろうし、王宮側からもそう要請があった。

学生が団に在籍するには指導教官が必須である。

しかし、個人主義者ばかりの魔術団で、自分の研究時間を削ってまで部下育成を引き受けようという者はなかなかいない。

押し付け合いの結果、退官間際と囁《ささや》かれる老団長のユースタスが引き受けることになった。

ユースタスは若い頃は大陸で一番の魔術の使い手と言われたほどであるが、前線を退いてから既に十年以上。

現在はその経験と実績、それに広い交友関係を買われて、王宮や貴族たちとの折衝役……つまり裏方として団長職に就いているそうだ。

「で、外見はともかくどんな人だった？　うまくやれそう？」

「まだ一回しか会ってないから分かんない。もうおじいちゃんだから、あんまり魔術団には来てないんだって」

「あらら、そうなんだ」

「教わるのも実技より理論ばっかりになりそうで、今から飽きてる」

「飽きるな」

不満たらたらで口を尖《とが》らせるリリスにカーラは苦笑する。

聞けば、団長室のほかに専用の研究室も持っているのに、姿を現すのは半月に一、二度。しかも短時間。

それでは新人を育成するなどできないだろう。指導者といっても名前ばかりだ。

とはいえ、少なくともサドラーのように部下《リリス》を利用する心配はなさそうである。

(出る杭《くい》を打つような人よりは、放置のほうがいいかもね)

「魔術団も人手不足？」

「あたしが優秀すぎるせいで、生半可な指導員じゃダメだったってことなんだけどね！　デキる女はつらいわ！」

「言ってなさい」

「でもねえ、あたしが王都に来たのは学園に入るためもあるけど、お金持ちの素敵な恋人を見つけるのが第一目標なんだから。おじいちゃんに構っている暇はないのに」

「それは好きにしたらいいけど、少し懲りてもいいと思う」

「……アベル様は無理だって、最初から分かってたもん」

リリスの声がほんのりしょげているように聞こえて、カーラはそっとリリスを窺《うかが》う。

カウンターに肘を突いてそっぽを向くリリスは少しだけ儚《はかな》げに見えた。

(実は本気だった……とか？)

脅されて強制されての恋人の座狙いであったし、事実アベルにとってはなんの意味もなかったが、リリスにとっては違ったのかもしれない。

今となっては、確かめても詮無いことだが。

「……リリス。領地にいるときは、恋人とかいなかったの？」

「あーんな田舎に、あたしに釣り合ういい男がいるわけないじゃん」

「なるほど分かった。田舎かどうかじゃなくて、リリスの性格が問題」

「はあ？　パトリシア様以外で唯一アベル様と噂《うわさ》になった、このあたしよ？」

「はいはい。わー、リリスかわいいー」

「ひどっ、棒読み！」

ぷんとふくれっ面をするリリスに、先ほどちらりと過《よぎ》った陰はない。

（……ま、大丈夫そうだね）

「別に恋人がいなくても生きるのには困らないでしょ。リリスには魔術だってあるんだし、仕事に精を出したほうが有意義だと思うけど」

「嫌よ、つまんない。恋は人生の彩りなの！　死んだおばあちゃんもそう言ってた！」

「あっそう」

追加した薬草をすり潰しながらカーラが視線を上げると、期待で瞳をキラキラさせたリリスと目が合った。

「そんなわけで学園の授業は簡単すぎだし、魔術団に行ってもやることがないの。だからやっぱり、カーラに魔法を教えてもら――」

（あー、やっぱりその話になったなあ）

「断る」

「却下するの早くないっ？」

「だって、無理なものは無理」

またかと思いつつ、カーラは声だけでなく手のひらを前に出してリリスの申し出を拒む。

弟子にしてほしいと最初に言われたのは結構前で、それ以来何度も断っている。

うっかり上の空で適当な返事をして了承してしまうと面倒だから、そろそろ諦めてほしいのだが。

「言ったでしょう、『魔女の弟子になれるのは魔女だけ』だって」

「えー、でもぉ」

「でもじゃない。わたしは魔女でリリスは魔術師。あなたの使う魔術と、魔女のわたしの魔法はまったくの別物。教えようがない」

「魔術師が魔女のやり方を学んだって悪くないでしょ」

ぷんと頬を膨らませるリリスだが、さすが美少女だけあってそんなふうにしても可愛らしい。

だからといって、この件でカーラが頷《うなず》くことはないが。

「鳥に泳ぎ方を教えるようなもの。意味がないし、むしろ余計だよ」

「ええー」

リリスは不満そうだが、そうとしか答えようがない。

自分の持つ魔力を使って魔法なり魔術なりを行うということ自体は、魔女も魔術師も同じだ。魔法石や杖《つえ》などの補助具を使うことがあるのも一緒。

しかし魔女が自身の魔力を直接魔法として表出できるのに対し、リリスたち魔術師は自分の魔力でまず魔法陣を描き、それによって魔術を使う。

魔法陣がないと魔術を発動できないゆえに、魔術師には正確かつ効率よく魔法陣を描く技術が必須だ。

一方、カーラたち魔女はそういう訓練をしない。

魔女に必要な手法は、自分の魔力をはっきりと知覚し、対象物により深く干渉するという、ひたすら感覚頼りのものだからだ。

楽器を演奏する技術が魔術だとすると、魔法は曲そのものを作り出すともいえる。最終的に似た音楽が聞こえたとしても、至るプロセスが別物である。

そんなふうに魔法と魔術は違う。優劣ではなく、別物なのだ。

「諦めなさい。むしろ半端な知識は、リリスが魔力操作をするときに迷いのもとになる」

「それでも、カーラはあたしの魔法陣を消したじゃない」

「ああ、自分の魔術に手を出されたのが不満だったの」

「そ、そうじゃないけど……！」

なるほど、それなら分かる。

カーラはばつが悪そうにそっぽを向いたリリスに頷いた。

（わたしだって、魔法陣を使って生成された薬が自分の魔法薬より上だったら、いい気分はしないしなあ）

すり潰し終わった薬草に浄化した水を加え、指先から出した魔法で攪拌《かくはん》する。

これで出来上がりだ。

「魔法陣を解いたのは魔女《わたし》の魔力だけど、魔術で同じことをしようとすれば違うアプローチになるでしょ。賢いリリスちゃんならそれくらい理解できるよね？」

「もう、子供扱いして！」

「実際、年下だもの。リリスが長女だからって、わたしの前でまでお姉さんぶらなくていいんだから」

「……っ」

カーラの言葉に、リリスは見開いた目元をさっと赤くする。

小作人の両親のもと、病弱な弟のいる貧しい家庭で育った、容姿と魔術の才能に恵まれた娘《リリス》。好むと好まざるとにかかわらず、家では「しっかり者のお姉ちゃん」をしていたに違いない。

（そういうのって、けっこう根深いんだよねえ）

幼いうちに孤児になり、祖母ほど歳の離れた魔女に弟子として引き取られたカーラは、いわゆる普通の家族の役割を持たされたことがない。

けれど最近、離婚したいという妻の代行をすることで、一般家庭の、中でも夫婦の問題という非常にプライベートな部分に踏み込むようになった。

そこで見聞きすることには時折、共通点を感じることがある。

たとえば、妻として、夫としてという立場にこだわるあまり、もともとのその人自身を見失っているようなケースがままあるのだ。

——前回の代行もそうだった。

やはり噂を聞いて店に現れたマギーは、子ができないことを離婚したい理由にあげた。大きめの商家に嫁いで五年になる彼女は、跡取りを熱望されるプレッシャーにすっかりやられてしまっていた。

ヴァルネに育てられたカーラは、家族を構成する要因に血の繋がりは必須ではないと知っている。だが現実には、血縁こそすべてと考える人も少なくない。

それに、子ができるできないは個人の意思でどうこうできる問題ではない。薬師として機会があるごとにそう伝えているが、なかなか理解は広まらない。

しかも、どうしてか妻側が責められることが多い。マギーの場合も例に漏れずだ。

夫は庇《かば》ってくれていたが、内外からの進言も厭味《いやみ》も止まなかった。

とうとう先日、マギーと夫を離縁させて別の女性と再婚させようと画策する親戚たちの話を耳にしてしまった。

マギーの代わりに妻となるのは、遠縁の美しく若い娘。会ったのは結婚式の時に一度きりだが、勝ち気で物怖《ものお》じしない性格だった。

親戚連中の息のかかった娘と再婚したら、これまで以上に、夫自身の発言力は弱まるだろう。けれど、穏やかな気性で争いごとを避けたがる夫には、むしろそのほうがいいのかもしれないと思ってしまった。

先方も乗り気で、王太子殿下の婚礼パレードを見学するという口実で来訪予定も組まれている。

自分のいないところですべて決定されていることにすっかり落胆したマギーは、それならいっそこちらから離縁を申し出たいと、そういうことだった。

夫が憎くて別れたいわけではない。力及ばずながらも守ってくれようとしていた。

感謝しているからこそ自分からは離婚を言い出しにくいと、カーラに代行を頼んできたのだった。

離婚の決意が固いことを確認し、マギーと綿密な打ち合わせを重ねて挑んだ夫との対面は――またもや予想外だった。

「……いらない？」

「別に子供がいなくても、僕はマギーがいればいいからね。だから離婚はしない」

「だ、だってお義父様もお義母様も、叔父様方も、跡取りがいないと困るっておっしゃって――」

「店を継ぐのは僕たちの子でなくてもいいだろう？　妹のエミリアのとこに子供は三人いるし、従兄弟の子でもいいし。やりたいって言う人に継がせたほうが経営もうまくいくよ」

聞いていた通り、いつも笑っているような顔である夫の目は弧を描いているが……怒っている。

それも、かなり。

（あれ？　これ、旦那さんは奥さんのこと大好きっぽい？）

夫婦仲は悪くないが、情熱的に愛し合っているわけではない。夫が自分に抱いているのは、あくまで家族的な情なのだとマギーは言っていた。

二人の結婚は、マギーの実家が取引先のひとつであったことがきっかけだが、どうしても必要な縁でもない。

代々続いた商会と妻ならば、必ず商会を選ぶと断言までしていたのだ。

なのに、夫からの返答にはそれ以上の熱が感じられてカーラは戸惑う。

（い、いやまあ、この程度なら経験済みだし……うん、まだ大丈夫！）

これまでの代行でも、「聞いていない、話が違う！」は多かった。

それらに比べればまだ対応可能な範囲だろう。アドリブが増えるのは勘弁してもらわないといけないが。

胸元の記録用魔道具にそっと触れながら、カーラは「マギー」の仮面を被《かぶ》り直す。

不安を顔いっぱいに浮かべてみせると、夫は申し訳なさそうに眉を下げた。

「親戚連中は、僕たちに子供がいたならいたで、今度は出来が悪いとか必ず難癖を付けるよ。理由なんてなんでもいいんだ」

「でも……もう、堪えられそうにありません」

「僕もだ」

「ですよね。ですからやっぱり離婚を――」

「あいつらの馬鹿さ加減には、ほとほと愛想が尽きた」

「は？」

「もう一度言うけど、離婚はしないよ。出ていくのは向こうだ」

すっと険しい雰囲気になった夫にカーラはひゅっと息を呑《の》む。

夫が言うには、親戚たちはマギーだけでなく若主人である夫も責めていたそうだ。

自分が防波堤になればいい、と讒言《ざんげん》を甘んじて聞いていたのだが、別口で妻も攻撃されていたと知った夫はその柔和な顔にすごみのある笑みを浮かべる。

「穏便に済まそうと情けをかけたのが間違いだった。マギー、さあ選んで。あいつらを追い出すのと、僕たちがここから出ていくのはどっちがいい？」

「ど、どっちって」

「老害どもを極寒僻地《へきち》の支店に更迭する？　それとも、取引先と顧客を全部奪って僕たち二人で新店を興そうか。君次第だよ」

据わった声音にカーラは目を見開く。

（待って待って！　人柄はいいけど弱腰な三代目……って言ったよね！　思いっきり好戦的なんだけど！）

「どちらにせよ、両親には引退してもらうけど。義理の娘一人守れず、むしろ率先して苦しめるなんて親としても経営者としても失格だ。万が一のためにいろいろ準備しておいたことが役に立ったな」

扉の向こう、たぶん、両親の部屋があるほうに向けられた冷たい眼差しに、部屋の空気がぐっと冷える。

（こ、これは、奥様でないと返事は無理！）

寒気を覚えて思わず両腕を擦《こす》ったカーラは、ショールを取ってくると言い訳して場を逃れ、隣室で一部始終を聞いていたマギーと入れ替わった。

その後――王太子の婚礼祝賀で賑わった城下では、ある商店の評判がぐんと上がった。

扱う品はいいが従業員の態度が芳しくないと噂されていた老舗のひとつが内部人事を一新し、新たな体制を始動させたのだ。

慣れていない者もおり対応に時間がかかる場面もあったが、客側からは概ね好評で、これまで冷遇されてきた従業員を筆頭に生き生き働いているという。

繁盛している店先を遠くから眺めて自分の薬局に帰ったカーラの元には、マギーから謝礼が届いた。

離婚を申し出たあの晩の話し合いで明らかになった夫の新たな一面は、実は元々の性格であったそうだ。

両親や親戚の手前、実直で愚鈍なくらいが面倒がないと苛烈な部分を隠していたが、それでは自分も妻も不幸になると分かり、良い息子の役を降りたのだと打ち明けた。

そしてマギーは、そんな夫にときめいたとこっそり告白していった。マギーも従順な嫁をやめたが、夫婦仲はかえって今のほうが良好とのこと。

お互いに被っていた猫を脱いだ今はケンカもするが、仲直りも楽しいと明るく笑った。

（結局、また離婚しないいし。はぁ、末永く新婚気分でお幸せにどうぞー、だよ！）

何回目か数えるのも嫌になった任務不成功に、潮時という二文字が浮かぶ。

気分的には今すぐ看板を下ろしてもいいのだが、悲しいかな、副業の収入がないと表稼業も成り立たない。

それに、青い顔で体調不良を訴えていた依頼者が、任務終了後は心身の健康を取り戻しているのも事実。

カーラは薬師の魔女なのに調剤薬で病気を取り除いてやれない、落ちこぼれだ。そのカーラの変身魔法が彼女たちの健康に役立っているのであれば、辞めるのも違う気がした。

（……まあ、それはそうと）

カーラは、薬師の魔女としてのカーラ、そして本来の自分自身との間に根本的な差がない。

そんな自分から見ると、夫や妻といった立場で生きるということは、ありのままでいる時間がなくて窮屈そうだ。

「リリスはリリスなんだから。いつでも誰かのお姉ちゃんでいる必要はないんだし」

役割に意義を見いだしていたとしても、自分でも気付かない疲労が体や心に溜《た》まるのではないだろうか。

「カ、カーラって、そういうことスルッと言うよね……だから薬局《ここ》に来たくなっちゃうんじゃない」

拗《す》ねたように顔を背けたリリスの頬は赤い。

そんな珍しい表情もモゴモゴと呟いた言葉も、出来上がった液体をこぼさないよう慎重に乳鉢からグラスに移し替えているカーラには、見えなかったし聞こえなかったが。

「魔法陣を描くときに使う特別な古代文字も、魔女は直感的に意味が分かるだけ。勉強して読めるようになっているわけじゃないから、やっぱりわたしがリリスに教えられることはない」

「でもぉ」

「何回言われても返事は変わらないから。不満なら店にも来なくていいよ」

「いじわるー！」

「駄々こねないの。その代わり、魔女の魔法は体験させてあげる。ほら、これ飲みなさい」

そう言って、話しながら作っていた薬草のドリンクをドン、とカウンターに出す。

いびつな形のグラスになみなみと注がれたそれを、リリスはいぶかしげに眺める。

「なんなの、この怪しい色の液体は……」

「毒じゃないから大丈夫」

「嘘《うそ》でしょ、こんなの絶対に毒だってば！」

グラスの中の液体はまるで蝶《ちょう》の幼虫のような黄緑色をしている。

ずいと目の前に押し出されたグラスを恐る恐る持ち上げたリリスは、とぷんと揺れた水面から精一杯顔を遠ざけた。生臭いというか、異様に青臭い。

「しかもなんかトロッとしてる！　やだー、絶妙に気持ち悪い！」

「最初の一口は、十秒以上口に含んでから飲み込むように」

「なにその拷問！」

リリスは顔を青くしたが、別にカーラは嫌がらせをしているわけではない。

薬効のある葉や実をすり潰したものに水を加え、魔法で攪拌《かくはん》して作るこれは簡易の魔法薬だ。

本式のものほどの薬効はないが、ちょっとした栄養補助剤として重宝する。

「飲まないなら、今日はもう帰って寝なさい。睡眠不足でしょ？」

「なんでバレてるの……わ、分かった、飲むってば！　飲む……けど、死なないよね？」

「もしなにかあっても蘇生《そせい》してあげるから」

「ぜんぜん安心要素がないじゃない！」

「残したらダメだからね」

「ううぅ……」

リリスはどうしても帰りたくないらしい。

さんざん嫌がりながらも、言われたとおりにグラスの中の液体を飲み干して、カウンターに突っ伏した。

ぷるぷると震える握りこぶしが、いかに飲みづらかったかを伝えている。もちろんカーラは見て見ぬ振りだ。

「あっ、言い忘れてたけど、味はおいしくないと思うよ」

「い、今さら……！　うえぇ……なにこの青臭くて苦甘い、えもいわれぬ不味《まず》さ……真夏の納屋に数時間放置した青汁を飲んだような……」

「具体的なのにちっとも嬉しくない感想をありがとう」

（そんなに酷かった？　まさかぁ。いや、でも……）

苦しそうな掠《かす》れ声で薬の不味さを滔々《とうとう》と述べるリリスに、カーラの頬も引きつる。

実際、同じものをヴァルネがカーラに作ってくれたときも決しておいしくはなかった。でも、そこまでではなかったはずなのだが。

やはり内服薬を作るのは苦手らしい。いらない再確認である。

「……で、どう？　そろそろ効いてくると思うけど」

「どうって、なにが」

「口内炎。下唇の裏側あたりにあるでしょ」

「えっ？　どうして分かっ……あれ、消えた？　しかも胃が妙にすっきりしてる……」

（よし！　味はともかく効果は及第点だね）

口内に残る後味の悪さもどこへやら、リリスはぽかんとした顔で唇と腹部に手を当てる。

今作ったドリンクは新鮮な薬草を使う分、ドライハーブを煮出して作る薬湯よりも効きが早い。

最近は試してくれる人がいないから少しだけ自信がなかったが、即効性は以前のままだ。腕は落ちていないと確認できて、カーラは満足だ。

（いや、魔法訓練の効果は出ていないことも分かっちゃったけどね……先は長そうだなあ）

ちょっとだけ遠い目になっているカーラとは反対に、リリスは目をキラキラさせて「魔法」をその身で確かめている。

「もう三日も治らなくて嫌になってたのに……これが魔法？」

「魔女の魔法の一種だよ」

薬を作るカーラの魔法そのものに問題はなく、薬効も損なっていない。

しかし、できる薬は味や飲みやすさなどをどこかに置いてきてしまうし、いらない副作用《オマケ》が付いてくる時もある。

師匠であったヴァルネは生前、「何かしらの阻害があって魔力がうまく伝わりきらず、結果的に不完全な薬になっているのではないか」と仮説を立てていた。

魔女の魔法は、魔術のように論理的に整理して体系立てられていない。そのため、カーラと同じような状態になって困った魔女が過去にいたかどうかすら分からない。

解決方法は、カーラ自身がその不調の元を発見するしかないのだ。

（……師匠は根気よく付き合ってくれたよね。わたしなら、いくら弟子が相手でもそこまでできないかも）

失敗する度に厭味は言われたし、がっかりもされた。けれど「いつかできるようになる」と慰めてもくれた。

先に音を上げたのはカーラだった。

魔法の訓練を再開して以来、ヴァルネのすごさを再確認してばかりいる。

思わず古い調剤ノートを引っ張り出してきて、最近の主流ではないタイプの薬草の育成まで始めてしまったくらいだ。

束《つか》の間、昔を思い出していたカーラはリリスの声でハッと今に戻る。

「でも、なんで分かったの？　あたし、カーラに口内炎のこととか言ってないよね？」

「んー……喋《しゃべ》りづらそうにしていたでしょう」

「うそっ、どこが？　昨夜会った家族だって気付かなかったのに」

「こういうのは家族より薬師だから」

呆気《あっけ》にとられるリリスに口角を上げて、カーラは空いたグラスを受け取る。

グラスの内側には「先ほどまで怪しいものが入っていました」と言わんばかりに、ねっとりとした黄緑色の跡が残っていた。

(作ったわたしが言うのもなんだけど、不味そう)

これを飲み干したリリスはあっぱれだ。カーラはリリスのこういう思い切りの良さと根性はけっこう気に入っていた。

「……こんな色の飲み物、よく口に入れられたねえ」

「ちょっと待ってよ、カーラが飲ませたんでしょ⁉」

憤慨したリリスが立ち上がったちょうどそのとき、チリンとドアベルが鳴る。

「やあ、魔女さん！　お邪魔するよー」

二人して顔を向けると、扉を押し開けていたのは騎士団の制服を着たセインとトビアスだった。

朗らかに片手を上げるトビアスと対照的に、セインはいつもの仏頂面をひっさげて無言で入店してくる。

「きゃっ！　トビアス様にセイン様！」

リリスの弾んだ声に、トビアスが、おやという顔をした。

「あれ、学生さんがいる。ええと、キャボット君……だよね？」

「はいそうです、こんにちは！　トビアス様はあたしの名前、覚えていてくださったんですね。うれしい！」

（おお、さすが。期待を裏切らない変貌ぶり）

瞳を輝かせたリリスは、ついさっきまでの渋面をきゅるんとした笑顔に変えて、足音も軽やかに駆け寄った。

相変わらずの変わり身の早さに、カーラは感心する。

「今日って学園は休みじゃないよね」

「午後の授業がお休みになったんですぅ」

「へえ、そうなんだ。あ、なにか飲んだの？」

「カーラの特製ドリンク！　すっごくおいしくなかったけど、がんばったんですよぅ！」

空いたグラスを指差すトビアスに、リリスが胸を張って不味さを強調する。

ちら、とカーラの手元にあるグラスを胡乱《うろん》げに眺めたセインが思い切り顔を顰《しか》めた。

「魔法薬か？」

「ハーブティーよりは薬効あるけど、薬ほど強いものではないよ。なに、セインも飲みたい？　そういえばなんとなく顔色よくないね。疲労回復用でも作ろうか」

「冗談じゃない。そんな得体の知れないものなんか飲んだら、余計に具合が悪くなる」

「試したこともないくせに」

ムッとするカーラにお構いなしに、セインは通常運転の不機嫌顔だ。

（せっかく心配してあげたのに、これだもの！）

顔色がくすんで見えるのは本当だが、いつも通りの減らず口が叩《たた》けるのだからそこまでつらい状態ではないのだろうとカーラは思い直す。

「不味いのは事実だろう」

「相変わらず失礼な。制服が変わったのに、中身はちっとも変わらないんだから」

――セインたちが着ている騎士団の制服は、従来の純白の騎士服から濃紺色のそれに替わっている。

長年続いた制服から一新された近衛騎士の新制服がお披露目されたのは、先日の婚礼の儀でのこと。

形やデザインはこれまでを踏襲しているが、魔術処理した糸で織った布地が使われ、防御性が向上し、攻撃魔術への耐性も期待できるものになったそうだ。

制服が刷新されたのは、例のアベルとパトリシアの婚約解消にまつわる事件での褒賞としてセインが王妃に申し出たことがきっかけだ。

だが、後から聞くには、制服を変えてほしいという団員の希望は以前よりあったらしい。

純白の制服は見栄えが良い反面、汚れやすく、手入れの負担が大きかった。

近衛騎士が貴族子息の虚栄を張るための職だった時代はそれでよかったが、現王の代になってからは泥臭い現場にも率先して向かわされるようになった。

それでいて汚れると叱責されるのだから、不満が出るのは当然だろう。

さらに、古い技術の織物のために重いばかりで夏は暑く冬は寒いと、快適さとは無縁の代物だったそうだ。

（わたしが「白い騎士服は嫌いだ」って言ったから……っていうようなことをセインは言っていたけど、もともと変更予定はあったってことだよね）

セインの進言により実装が早まったのは事実だろう。しかし、それだけが理由で変わったのではない。

そう知って、カーラは幾分ほっとした。

薬や魔法以外のことで、自分が理由でなにかが変化するということは、人と交わってこなかったカーラにはやや重いのだ。

ともあれ、本能的に嫌っていたあの白い騎士服を目にしなくなったことは歓迎する。

騎士本人だって決して好ましいとは思わないが、おかげで反射的にぎょっとしてムカつくことはなくなった。

セインやトビアスも、今は紺色の騎士服のまま薬局に立ち寄る。あからさまに気を使われなくてよくなったことも、カーラにとって気安かった。

やいやいと言い合うカーラたちを宥《なだ》めるように、トビアスが口を挟む。

「魔女さんの見立ては間違ってないよ。実は最近のセイン《こいつ》はずっと休みなしなんだ」

「やっぱり」

「トビアス、余計なことを」

「今日なんて隊長からも心配されただろ。いったい何連勤する気だ？」

「まさか、休みを取れって言われてるのに取らないの？　それってただの自業自得じゃない」

続くトビアスの言葉にカーラは呆れてしまう。激務が続いたのかと、少しだけ同情した気持ちを返してほしい。

「休み下手は仕事下手って言うよねえ。できる人はしっかり休みも取るのが定石でしょうに」

「毎日暇しているこの店と、騎士団の業務を一緒にするな」

「はっ、自分を棚に上げてるんじゃないわー」

「なんだと？」

「あはは、まあまあ二人とも」

そうとはいえ、疲労と寝不足はたたっているようだ。

有事でもないのに相変わらずの職務奉仕ぶりである。

ムッとするセインに構わずトビアスが話すことには、通常業務に加えて一昨日からは貴族宅で起きた盗難事件の捜査にも駆り出されていたそう。

事件そのものよりも、当主が非常に面倒な人物で精神的にかなり疲弊したらしい。

「そういえば、肝心の盗難事件は解決したんだよね？」

「さあ」

「『さあ』って、おいおいセイン」

呆れ顔をするトビアスに肩を竦めて、セインはちらりとカーラたちを見る。

本来、騎士団の職務内容は外部に口外禁止だ。

だが、魔女のカーラと王宮魔術師見習いのリリスは「中の人」であると判断したらしく、セインは言葉を続けた。

「そうしか言いようがない。侵入者の形跡もなく、盗まれたものもはっきりしない。使用人もほかの家族も否定しているのに、当主だけが『絶対になにかが盗まれたはずだ』と言い張って」

「ええー、そんなことある?」

「使用人と息子からは、分かる範囲ではなにも盗まれていないと証言が取れている」

妙な話だと、トビアスとセインだけでなくカーラとリリスも首を捻った。

しかも当主は、「盗まれた物が今現在はなかったとしても、これから盗まれるに違いないから犯人を捕まえろ」などと無茶なことを言っているらしい。

「それは難儀だなあ」

話を聞いて、さすがのトビアスも頬を引きつらせた。

盗難に遭いそうなものの心当たりを問うても、そんなものは知らんと突っぱねられる。なにを守ればいいか分からない状態で、なにも守れるわけがない。結局、屋敷周辺の巡回を増やすことでお互いどうにか妥協した。

「説得するのにかなり骨が折れた。それに、息子の妻は体調を崩していて話を聞けなかったから、また聴取に行かなきゃならない。だから、終わってはいるが終わっていない」

「うわあ、そうだったんだ。それは確かに『さあ』だな。お疲れー」

珍しく愚痴るセインに、トビアスが同情する。

が、カーラとリリスが気になったのは別のところだ。

「近衛って、盗難とかの普通の事件も扱うんだ？」

「それ、あたしも思いました」

騎士団の中でも近衛は、王族の護衛や王城内の警備が基本任務だ。

とはいえ、この国の近衛騎士は大雨の日に川の増水具合を確かめに向かわせられたりするし、市中警邏《けいら》の監督任務も担っているから、空き巣（疑い）の捜査をしてもおかしくはないのかもしれないが。

疑問を浮かべたカーラとリリスに、特別案件だったのだとトビアスが教える。

「貴族院の偉い人の家だったんだ。問題のご当主はね、僕らの父親くらいの年齢に多いんだけど、身分や格式にやたらこだわるタイプなんだ。『平民なんか』って見下して、一般の騎士や警察を家に入れたがらないの」

「ああ、それで貴族出身の近衛ならって……面倒くさいヤツー」

カーラ自身は身分や家格差へのこだわりなんて窮屈だと思うタイプだが、それらを大事にしている人がいることは知っている。

そういう人たちは、カーラが身分に頓着しないのと同じように、カーラのこの薬局や魔女などいなくても構わない存在だと考えるだろう。

それぞれの大事な物を、同じように大事には思えない。

お互い様だから、離れて暮らして、直接の害がなければそれでいいと思うのだが、そうもいかない場合もあるということだ。

「あははっ、うん、本当に面倒くさいねえ」

「笑ってるけどトビアス氏も貴族でしょ」

身分を笠《かさ》に着ることなく接してくるから忘れそうになるが、セインもトビアスも貴族の生まれだ。

だが、そんなカーラの言葉にトビアスは軽やかに返してくる。

「僕みたいな地方の男爵家の次男なんて、貴族っていっても名ばかりだからねえ。ま、この家名が捜査の役に立つなら喜んで使うけどね、その程度だなあ。セインもそうだろ?」

「当然だ」

「ふうん。まあ、名前でも身分でも、使えるものを使うのはいいことだよ」

「うわあ、興味なさそう！　近衛も貴族も心底どうでもいいっていう魔女さんの態度、本当にいいよねえ！」

「だって実際どうでもいいし。それで魔法のかかり方や薬の効き具合が変わるわけでもないもの」

「うん、そうだよねえ」

さらに笑い続けるトビアスに、カーラは首を傾《かし》げる。

「わたしはトビアス氏の笑いのツボが分かんない」

「いいのいいの、気にしないで」

「しないけど」

「そうそう、そういうとこ！」

笑い続けるトビアスに首を捻り続けていると、リリスが会話に入ってくる。

「でも、セイン様。カーラの特製ドリンク、味は酷いけど効果はバッチリでしたから試してみてもいいかもですよ。きっとすぐに元気になります。だってあたし、あっという間に口内炎が消えたんですよ！　味は死ぬほど酷いですけど！」

「ちょっとリリス、『味が酷い』を二度も言わなくていい」

「魔女さんの薬って不味いんだ。興味あるかも」

「死にたくなければやめておけ、トビアス。俺は断る」

絶対に嫌だと言いたげな表情のセインとは対照的に、わくわくしているトビアスを眺めてカーラはうん、と頷く。

「トビアス氏は特別具合の悪いところはなさそうだから、飲まなくていいと思う」

「へえ、そういうの分かるんだ」

「不思議？　騎士だって、敵と向かい合えば相手の調子とか分かるでしょう」

「ああ、なるほどねえ」

ふむふむと納得するトビアスだが、セインは今も不満そうだ。

（もー、ずっと機嫌悪くしてるなら来なくていいのに……って、そういえば）

カーラの薬局があるここは城下とはいえ、セインたちが勤務する王城からはかなり離れた裏路地にある。

なにも用がないのに、ふらりと訪れるような距離ではない。

「ところで二人揃《そろ》ってなにしに来たの、仲良く散歩？」

「は？　別に連れ立ってきたわけじゃない」

「そうそう、忘れるところだった。セインとはたまたま用事が重なったんだよ、僕はこれね」

そう言って、トビアスは数枚の書類を取り出してカーラに差し出す。

受け取ってぺらりとめくると、カーラが作った軟膏《なんこう》や湿布薬の売買に関わる書類だった。

「先月分の納品数と支払い明細を、魔女さんに確認してもらいたくて」

「ああ、モーガンの」

仕入れ商人のモーガンは、カーラの薬を騎士団に高額で転売していたことでお咎《とが》めを受けた。罪を認めて猛省し、被害者であるカーラも赦《ゆる》したため、今も取引は継続している。

だが不正行為の再発防止措置として、こうしてチェックを入れるようになったのだとトビアスは言う。

騎士団で物品管理を担当しているトビアスは基本的に穏やかな性格だが、不正《ズル》にはかなり厳しいらしい。

「いちいちチェックするのも面倒だとは思うけど、魔女さんが無罪放免にして取引続行になったわけだから。協力してくれるよね」

「いいよ。書類仕事は嫌いじゃないし」

「えっ、そうなんだ。なんか失礼だけど、書類が得意な魔女さんって意外な気がする」

「そう？」

別に好きでもないが、カーラには必要だったから身に付けた。

肝心の薬作りでは役に立たない弟子だったから、そのほかの周辺業務――薬草の下準備や器具の後片付け、それに帳簿など書類関係は完璧にできるように頑張ったのだ。

「魔女は書類や計算が苦手って、そういう調査結果でもあるの？」

「いや、ないけど。なんとなく魔女さんたちって、そういう実務から超越しているようなイメージがあって」

「そうでもないと思うけど……いや、どうだろう」

カーラだけでなく魔女友のネティも、書類関係は得意だし手早い。魔道具の作成をしていると計算能力も鍛えられるそうで、数字にも強い。

ただ、ネティの書く文字は独特すぎて本人にしか読めないという欠点がある。

ほかの魔女、たとえばアンジェは占いのために星を読むので図も描ける。だがその一方で、整理が下手すぎて過去の記録は「あるけど、ない」状態だったりするが。

（あれ、魔女は書類が苦手っていうイメージは合っている……？　で、でも、誰に迷惑もかけてないし！）

「魔女さん？」

「あ、ええと、魔女よりも騎士団こそ書類仕事が苦手な人多そうだなあって、ちょっと思ったり」

「そう、それ！　そうなんだよー！」

ヤブヘビにならないよう話題の矛先を向けると、トビアスは額を押さえて嘆きの声を上げた。

「昨日だって、また大量の書類が不備で差し戻されて僕の机に積まれたんだ。どうして申請書一枚でそんなに間違えられるのかって話だよ」

「……まあな」

「セインもその一人だからね」

「おやおやー」

「うるさい、カーラ」

げっそりとやつれた感を出してくるトビアスからすっと視線を外すセインを揶揄《からか》うと、ギロリと睨まれた。そうされたところでカーラは別に怖くもないが。

「僕が副長になったのは、書類を押しつけるためだったんじゃないかって、最近思うようになってさあ……」

「そんなことありませんよ！　トビアス様の実力ですってば！」

「うん、ありがとうねえ。自分にもそう言い聞かせておくよ」

つつっと慰めるように傍《そば》に寄ったリリスを、トビアスはナチュラルに躱《かわ》している。双方、手練《てだれ》である。

そんなカウンター向こうの三人を傍目《はため》にカーラは綴《つづ》られた紙束を次々めくって、それぞれの数と単価を確認する。

合計金額もおかしなところがなく署名欄にサインをしようとすると、セインから待ったの声がかかる。

「早すぎる。カーラ、本当に確認したのか？」

「したよ。これくらいの計算、間違うほどじゃないでしょ」

「つまりそれだけ売った数が少ないということか」

「……否定できないことを指摘しないでよ」

認めなければいいのだが、沈黙で答えるということがどうしてかセイン相手には難しい。

正直すぎる返事に、トビアスやリリスにまでしょっぱい顔をされてしまった。

「魔女さん……」

「カーラ、なんて残念なの」

（あー、セインの勝ち誇ったドヤ顔がムカつく！　仕方ないじゃない、嘘はつけないし、つきたくないんだから！）

ムッとするカーラを取り成すように、トビアスが声をかける。

「騎士団としては魔女さんの薬をもっとたくさん、帳簿を調べるのも大変なくらい買わせてもらいたいんだけどねえ」

「それ、前からモーガンにも言われてる。嬉しいけど、わたしの薬って元々そんなに多く作れないんだ」

「そうなんだってね。初めは、不正の発覚防止のためにモーガンが個数を制限しているのかと思ったんだけど、違うんだって聞いたよ」

「カーラ、そうなんだ？」

「うん」

ピンときていない様子のリリスに頷いて、カーラは薬が量産できない理由を説明する。

ひとつは材料。カーラが作る薬には、自分で育成魔法をかけて特別に栽培した植物を使っている。畑や薬草園などは持っておらず、育てるスペースは二階の一部屋に限られるため、今以上に増やすことは難しい。

もうひとつは、消費魔力の問題だ。

意識せずに使える目くらましの光魔法や育成魔法はともかく、薬を作る際の魔法はかなり魔力を消費する。

（魔力を使い切っちゃうと、この前みたいになっちゃうし）

パトリシアに変身して向かった学園で予想外に魔力を使った結果、気を失うように眠り込んでしまった。あのときのように動けなくなってしまうと、生活に支障をきたす。

そのため、騎士団に卸す傷薬や軟膏は一カ月かけて納品数が揃うように、一日に作る個数を決めている。

ただでさえカーラは、魔法の発動にほかの魔女よりも多くの魔力を必要とするタイプだ。消費魔力の効率化は大きな課題で、再開したばかりのカーラの魔法修行はこの面でもなかなか前途多難であった。

（昔はよく無茶をして、師匠やネティに怒られたなあ）

魔力枯渇状態を繰り返すと保持魔力量が増える、などと言われるが、それは都市伝説だ。

そんな都合のいい現実はない。強引に魔力を使っては倒れ……を繰り返したカーラは身をもって断言できる。

しかし、成長期の無茶な魔力消費は身体成長に影響を及ぼすようで、そのおかげで身長が伸びなかったのではないかと、ヴァルネには窘《たしな》められていた。

関係ないと思いたいが、家族の記憶がないカーラは親譲りなのだとは反論できない。

（結局、効率よく魔力を使う方法を、地味に探すしかないんだよね）

魔力の消費量については魔女友のネティも一緒に打開策を考えてくれるが、魔法にしろ魔力にしろ、本人の感覚によるところが大きすぎるのが魔女である。

個人差がありすぎて魔女仲間の助言も通用せず、なかなか特訓の効果も表れない。解決するには、自分で原因を見つけるしかないのだ。

（ま、それでもやるって決めたし！）

ヴァルネが亡くなってから二年。

その間、なんとなくずっと引きずっていた後ろ向きな心が、先日のアベルたちの一件以来、軽くなった気がする。

新しいことや困難なことに取り組むことが「楽しい」とまた思えるようになった。

いい傾向だと思う。

（悩んでも仕方ないことでうじうじしてたら、師匠に怒られるもんね）

ヴァルネは騒がしいのも好きではないと薄笑いであしらうが、それ以上に湿っぽいことは嫌いな人だった。

養い親を悼む気持ちが消えたわけではない。けれどいつまでもしんみりしていたら、それこそ箒《ほうき》で掃き出されてしまう。

金がないなら稼げ、欲しいものがないなら作れ、できないならできないなりにあがけ。自分で動かずに文句を言うのは横着者の思い上がりだと、さんざん言われた。

愛想はないし偏屈だが腕は一級だったヴァルネ。昔も今も、カーラの魔女の目標はどこまでいっても我が師である。

（少しでも近付けるかな……わたしがたった一人の弟子だし）

改めてそんなことを思いながら、カーラは今度こそサインを済ませた紙束をトビアスに返す。

「はい、確認したよ。で、セインはなんの用？」

トビアスは騎士団で物資管理をしているし、この裏路地一帯の責任者的立場だから、カーラに用事があるのは分かる。

だがセインは違う。用事が重なったと言っていたが、こちら《カーラ》はセインに商用も私用もない。

視線と話を向けると、セインはまた不服そうな顔で話し出した。

「……二つある。まずひとつ目、アベル殿下とパトリシア妃が『会いたい』と」

「なんで？」

「おい、恐れ多くも王太子夫妻にお声がけいただいてその態度かっ？」

二つ返事以外がくるとは思わなかったのだろう。きょとんとするカーラに、セインが食ってかかる。

「ええ……？　だって、うちの商品をご所望ってわけじゃないでしょ？」

「当然だ。王家の御用達は決まっている」

王族が使う品は消耗品であっても様々なチェックを通らねばならない。

安全性はもちろんのこと、市場バランスにも影響を及ぼすため取り扱いは慎重にならざるを得ないし、物によっては議会の承認も必要だ。

路地裏の零細薬局が入る隙などない。むしろ採用されても困る。

「お二人が個人的に会いたがっていらっしゃる。今は城下に降りるのも難しいから、王太子宮に来てほしいと」

公務は山盛りな上、成婚したばかりで注目の的な王太子夫妻である。こんな路地裏に気軽に来られるわけがない。

それは分かるが、カーラに会いたい理由が分からない。

直接会ったのは王宮の謁見室《えっけん》に行った日が最後だが、パトリシアとは公爵家のスコットを介して何度か手紙をやり取りしている。用があればそちらに書くはずだ。

（……っていうことは、わたしを呼び出したのはアベル殿下？）

パトリシアが相手なら前向きに検討したが、アベルなら無視でいいだろう。

「んー、じゃあ機会があれば」

「……分かった」

喜んで馳《は》せ参じようとしないカーラに王族第一主義のセインは顔を顰めたが、それ以上の無理強《じ》いはされなかった。

アベルの名前が出たが、特にリリスに動揺は見られなくて、カーラは内心でほっとする。

「で、もうひとつはなに？」

「甚だ不本意だが、王妃陛下から依頼を預かってきた」

「王妃様から……まさか、また誰かの婚約を解消させろとかじゃないよね？」

胡乱げな表情になったカーラにお構いなしに、セインは淡々と話し続ける。

「別件だ。カーラに、王城にある薬草園の監督を頼みたいと――」

「断る」

話途中で両手を前に出して拒絶の意を表したカーラに、リリスとトビアスは意外そうな顔をし、セインは今度こそ頰を引きつらせた。

「なんだと？　お前はまた――」

「お前じゃない、カーラ」

遮って呼び方を訂正すると、大げさに呆れられた。

「つまらないことにこだわるんじゃない。しかも断るだと？　自分の言っていることが分かっているのか」

「分かってるってば。セインが口頭で依頼を伝えてきたっていうことは、王家と魔女の盟約ではないってことだよね」

前回のように親書を持たされてはいない。

つまり断れない盟約ではない以上、受けるも断るも決めるのはカーラだ。

そう言うと、セインはますます不満そうにした。

「盟約ではないのは、その通りだが……」

「なら、お断り。はい、おしまい」

「王妃の依頼だぞ！　断っていいはずがないだろうが」

つんとそっぽを向くカーラにまだなにか述べ立てようとするセインを、リリスがあどけない表情で首を傾げて見上げた。

「ねえねえ、セイン様。王妃様の依頼って、どんな内容なんですか？」

「は？　お前がそれを聞いてどうする」

「やだぁ、冷たーい！　あたしのことも、お前じゃなくてリリスって呼んでください！　それと、今度デートしましょう！　最近話題の劇団があるんですよ、王都での上演が決まったんですけど、一緒に見に行きません？」

さらりとデートの誘いに話題を変えるリリスに、セインは不可解だという顔をしながら眉間のシワをさらに深くした。

「なんだこいつは……おい、カーラ。これをどうにかしろ」

「二人で仲良く帰ればいいじゃない。っていうか、帰れ」

「あっははは！　セイン、言われちゃったねえ」

「うるさい、トビアス」

「待ってカーラ、帰れなんて言わないで」

取り付く島もなくセインに却下されたリリスだが、めげることはなく今度はカーラに向き直る。

それまでとは違う、真剣な眼差しにカーラはぱちりと瞬いた。

「だって、王妃様の薬草園って、あたしの親が働かせてもらっているところでしょう？　育ちの悪い苗があるって、あたしも聞いていて……父さんも母さんも困ってたの。だから他人事じゃないっていうか、カーラが来てくれたら家族も嬉しいっていうか」

「なるほど」

「セイン、そこで納得しない。説得する人数が増えても関係ないからね、わたしは行かない」

「でも、カーラ。話くらい聞いてくれてもいいじゃない！」

依頼を持ってきたセインよりもリリスのほうが積極的になってしまった。

カウンターから身を乗り出すようにしてくるリリスからちょっと体を引いて、カーラは三人を見据える。

「聞くだけ時間の無駄……っていうか、王妃様もわたしが断るって分かってるはずだよ。でしょ、セイン？」

「ええっ？」

「……」

カーラの言葉にリリスは驚き、トビアスもおや、と肩を上げた。

指摘されたセインは仏頂面を三割増しにして、口元を引き結んで黙り込む。

「ほら、否定しない」

「セイン様、そうなの？」

「……多分断るだろうとは、おっしゃっていた」

リリスに袖を摘《つま》まれて気まずそうに白状したセインに、カーラはふふんと胸を張る。

そこまでは読めたカーラだが、王妃の思惑はどうも分からない。

（お城の薬草園にわたしを、ねえ……）

前回のアベルとパトリシアを別れさせるという依頼は、カーラの変身魔法と副業を知った上でのことだから疑問には思わなかった。

今回は「カーラが薬師の魔女で育成魔法が使える」ということが理由のように聞こえるが、薬学の研究をしている王妃ならそれがいかに見当違いか十分理解しているだろう。

（だからこそ、強制力のある盟約ではなく、ただの「依頼」にしてセインに言付けた。そこまでは分かるけど……なにが目的なんだろう）

国王との間にはすれ違いがあった王妃だが、元来聡明《そうめい》で有能である。なんの思惑もなく、断られると予想できる依頼をするとは考えにくい。

カーラは王妃の心が読めないが、セインたちはカーラが王妃の依頼を断る理由が分からないらしい。考え込むカーラにリリスが訴える。

「どうして断るの？　カーラは薬草を育てるのが得意だって言ってたじゃない。知識だっていっぱいあるんでしょ、それならお城の薬草園を手伝ってくれてもいいと思うんだけど。王妃様のお声掛かりなら、タダ働きってわけでもないだろうし」

トビアスも同じように思うらしく「対価は必ず発生する」と請け合いまでした。

「それなら、薬局の売り上げ的にも助かるじゃん」

「店の経営をリリスが心配しなくてよろしい。そうじゃなくて、わたしが薬師の魔女だからこそ、他人の薬草園は手伝えないっていう話」

「どういうことだ」

「それもわたしに説明させるの？」

「当たり前だろう」

「王妃様から聞けばいいのにー」

依頼を受けた近衛騎士として譲れないのだとは思うが、本当に融通が利かない。

カーラは面倒そうに大きく息を吐くと、あっさり抵抗を諦めた。

「はあ……知りたいならこっちに来て。見せたほうが早いから」

そう言ってカウンターを出たカーラは、三人の横をすり抜けて店舗の入り口に向かう。

並んで置かれた棚の隙間、なにもない壁の前に立つと人差し指を立て、魔力を込めた息をふっと吐きかける――と、壁が扉に変わった。

「わっ、こんなところに隠しドア……っていうか、階段？　やだ、ちょっとワクワクする！」

「ははあ、すごいや。ここから二階に上がるんだねえ」

納戸の入り口のような、装飾のないあっさりとした木戸を開けると現れた階段室にリリスが驚きの声を上げ、トビアスは感心してパチパチと手を叩いた。

「掃除道具が入っていそうな扉だな」

「セインはあれかな、文句を言わないと死ぬ呪いでもかけられているのかな?」

「はっ、ただの事実だろう」

神聖なプライベートゾーンへの入り口だというのに大変失礼だ。セインを睨んで、カーラは階段室に入る。

狭い空間だが天窓の光が明るく差していて、閉塞感はない。けれど階段の各段には本や鉢植えが置いてあるせいで、歩ける幅は一人で通れるぎりぎりだ。

小柄なカーラやリリスは大丈夫だが、体格のいいセインたちはちょっと厳しいかもしれない。

「置いてある物に気をつけてねー」

「子供じゃないんだし、壊したりしないよ!」

「あー、リリス、違う。そうじゃなくて、危ないから触らないでっていう意味」

「危ないの?」

急な階段を上がりながら注意事項を伝えると、きょとんと返される。

(あれ。魔女の持ち物のことって、普通の人は知らないんだ?)

そう気付いたカーラは、後ろのセインたちを振り返った。

「あのね……と、わっ⁉」

――瑠璃紺《るりこん》の瞳が、すぐ目の前にあった。

予想外の近さに驚いて階段でたたらを踏んでしまった。足場をなくして体がぐらりと傾き、転がり落ちる寸前にセインに確保される。

「カーラ、大丈夫っ？」

「……お前はなにをやってるんだ」

すっかり抱き留められた格好だ。体勢的には不安定だが、しっかり支えられてぴくりとも動けない。

「な、なにって」

「前を見て上れ。階段だぞ」

「分かってる！」

段差があるのに同じ高さで目が合うなんて、身長差が面白くない。

よろけた体をセインの腕の中でどうにか戻したカーラは、ドキドキとうるさい胸の音を無視して、また上り始める。

（び、びっくりした……こんなにすぐ後ろにいると思わないし！　しかも目線一緒だった！）

なんだか悔しい。悔しいが、全力で気にしないふりをする。

「……ええと。呪いがかかっている魔法書とか、触るとかぶれる植物とかも混じっているから。うかつに弄《いじ》ると命に関わるよっていうこと」

「やだ、こわーい！」

「触らなければなにもないから。師匠の師匠が、収集癖があったらしくてね、当時からの物がここにはいっぱい残ってるんだ」

この薬局を開いたのは、ヴァルネの師匠だと聞いている。

弟子ヴァルネも孫弟子カーラも先代のものを処分するという気持ちがないため、集められた様々な品はそっくりそのまま残っている。

薬局部分は整頓しすぎて味気ないが、二階は雑多な物と思い出がぎっしり詰まった空間なのだ。

「へえー、そんなのがゴロゴロあって、魔女さんは大丈夫なの？」

「呪い関連はねえ、よっぽど強力でなければ魔女には効かないんだ。怪我《けが》はまあ自分でも治せるし、薬は売るほどあるし」

「チッ、物騒だな」

興味津々に周りを見回すトビアスとは対照的に、セインは不愉快そうだ。

もともと魔女が気に入らないセインである。危険物といえる品々を所持していることはマイナスイメージにしかならないことは分かるが、態度に出しすぎではないだろうか。

（……考えてみれば、難儀な性格だよね）

魔女と関わりたくなどないはずなのに、この生真面目な騎士は王妃の命《めい》を断れない。

同情しなくもないが、不機嫌の的にされる魔女《カーラ》としては面白くないのでつい煽《あお》るようなことを言ってしまう。

「文句があるなら来ないでいいよ。セインみたいなただの人は魔法に耐性もないんだし」

「ひ弱な魔女のくせに、どれだけ偉いつもりだ」

「あっ、もしかして怖いんだ？　脳筋では魔法を防げないもんねえ」

「なんだと？」

「ははっ、君たちってやっぱり仲いいよねえ」

「「よくない！」」

朗らかに揶揄うトビアスの声をカーラとセインが揃って否定して、階段を上りきる。

薬局の二階に部屋は四つある――通り側に面した側に私室が二つ並び、廊下を挟んで反対側にはバスルームと書庫だ。

カーラは通り側の部屋のうち、手前の扉に手をかけて三人を振り返る。

「さっき言ったとおり、危ない物があるから、入っていいのはこの部屋だけ。ほかの部屋には入らないでよね」

「はーい！　で、カーラ。ここはなんの部屋？」

「わたしの部屋兼、薬草の栽培室」

言いながら、カーラは扉を開く。

部屋の造りは単純だ。扉を背にして右手前にクローゼット、正面に窓。家具らしいものは一人がけのソファーがひとつだけ。

そして――

「……なんだここは」

残りの空間すべてが植物で埋め尽くされた部屋を見て、全員が棒立ちになった。

2 × 薬草と魔女集会

部屋の中には、大小様々なサイズの鉢やプランターが、足の踏み場もないくらい置かれていた。薬草だけでなく、セインの背を越す高さの果樹もあり、しかも実までなっている。

発光や水やりのための魔道具もあちこちに見える。おかげで、窓から遠い部屋の隅でも暗いということはない。

生育環境が抜群である証拠に、どの植物も色艶《いろつや》良く葉を茂らせ茎を伸ばしている。

「ここがカーラの部屋？　植物園か温室の間違いだよね？」

「正真正銘わたしの部屋だけど、リリス」

「えーっと、この前読んだ冒険小説なんだけど、海難事故に遭った主人公が流された孤島がジャングルでさ、まさにこういう……」

「トビアス氏、またまたー」

否定したが、天井から吊《つ》り下げた鉢からも蔓《つる》が伸びていて、うっそうとした密林感は拭えない。

植物の世話をするための最低限のスペースを残して、どこもかしこも鉢植えだらけ。この部屋の主人は、どうみてもカーラではなく植物である。

そんなところに大人が四人も入ったので、譲り合わないと先には進めない。

あまりに生活感のない——というか、人が住む空間ではない部屋に三人は驚き呆《あき》れた。

「カーラ……だって、どこで寝るの？」

「それ」

「それって、ソファーだよね⁉」

ぽかんと口を開けたままのリリスに尋ねられて、部屋の中に唯一ある家具らしい家具を指差すと、セインの渋面に拍車がかかる。

「あれは座るものであって、寝るためのものじゃない」

「おあいにくさま。もう一年以上ぐっすりだよ」

「は？　嘘《うそ》だろ……」

ツイード生地のソファーは座り心地がよい。背もたれがいい角度なので、座面に置いたクッションと暖かな毛布があれば、夢も見ないほど熟睡できる。

「昔はそっち側にベッドを置いていたんだけど、場所がもったいなくて。なくしたらその分、いっぱい鉢が置けたし」

カーラが指差した壁際には天井までのシェルフがあり、そこにもプランターが上までびっしり並んでいる。

ここにベッドがあったとしても、寝ている間に鉢が落ちてきやしないかと気になって落ちつかなさそうだ。三人はまた額を押さえた。

「どれだけ雑なんだ、お前は」

「雑？　こんなに親身に丁寧に植物の世話をしているわたしのどこが雑なの。それに、セインに迷惑かけてないでしょ」

「人としてどうかと言っている」

騎士団の臨時宿舎にだって、寝台は必ずあるとセインがぼやく。

採光のためだろうが、この部屋の窓にはカーテンすらない。どれだけ植物優先なのかと呆《あき》れるセインに向かって、カーラは問題ないと胸を張る。

「それに、一階《した》で寝ちゃうことも多いし」

「あっ、じゃあ、魔女さんのベッドはそっちにあるんだね？」

「置くわけないってば。キッチンに長椅子があるから、そこで」

ほっとした笑みを浮かべたトビアスを一蹴する。

「カーラ……なんか残念……」

「リリス、また文句？」

「文句じゃないけどぉ」

寝るなんてどこでも構わないだろうに、なぜ場所を取るベッドをそんなに勧めるのだろうか。

どうして気にされるか分からない、とまるで悪びれないカーラの態度が気に障ったらしいセインがじろりと睨《にら》んでくる。

「二階にはほかにも部屋があったぞ。あっちは何に使っているんだ」

「なんなの、セインも。ここの隣は師匠の部屋。廊下を挟んだ二部屋は、バスルームと書庫。寝室はないよ」

「ないって、お前……ああ、だから騎士団の事務室でも熟睡していたのか」

反論を言いかけて、腑《ふ》に落ちたようにセインが呟《つぶや》く。

学園でリリスとの対決後。疲労困憊《こんぱい》で魔力も切れたカーラを、セインは王城にある騎士団の事務室に運んだ。だが、カーラは事務室の硬いソファーでそのまま熟睡し続けた。

よほど疲れたのだとセインもさすがに不憫《ふびん》に思っていたのだが、日常的に椅子で眠っているのなら、いつものことだったわけである――それが良いか悪いかは置いておいて。

「……余計な心配をさせやがって」

くぐもった独り言は、カーラには聞こえなかった。

「セイン、なに？」

「なんでもない。呆れていただけだ」

「はぁ？　セインみたいにデリカシーのない人から言われたくないんだけど」

「まあまあ、二人とも」

始まりそうな口論を遮ってトビアスが宥《なだ》めにかかる。

「魔女さんがいいって言うならいいんだよ。でも、横になったほうが疲れは取れると僕も思うけどねえ」

「だから平気だってば。病気もしてないし」

「どうだか」

「もー、ベッドのことはいいから！　ここには、お城の薬草園を手伝わない理由を説明するために来たの！」

（なんでわたしが言い訳しているみたいな気分になるの！）

寝場所の話を打ち切ると、カーラはふいっと顔を背けて部屋の中ほどに進んだ。たくさんの鉢の中から比較的小ぶりなものをトビアスに渡す。

つややかな緑の葉がみっしりとついた茎が、ぺたんと植わっている。

「トビアス氏、これ持って」

「あっ、この草は森でもよく見かけるなあ。ええと、ミントだよね？」

「そう。ペニーロイヤルミント。防虫と抗菌作用があるよ」

鉢に植えられているのは、メジャーな薬草《ハーブ》――ミントだ。

草丈はあるが、地面を覆うように伸びるタイプのため高さはない。

「そんなに長い名前なんだ。さすが魔女さん、詳しいねえ」

「ミントは種類が多いからね。これを乾燥させたものは、わたしの消臭剤にも入れているんだ。ちなみにハーブティーにすると風邪症状や生理不順の緩和が期待できるけど、主成分は有毒だから多量服用はダメ」

「毒だと？」

「セイン、酒でも塩でも過ぎれば毒だよ」

薬理作用の強い植物を指して薬草と呼ぶが、当然、使い方によっては人体にとって有害になる。

毒と薬は紙一重だからこそ、知識を持つ薬師がいるのだ。

カーラの言った例えに納得はしたのだろう。黙ったセインをちらと見て、カーラはトビアスに持たせたミントを指差す。

「リリス、このミントをちぎってみて」

「いいの?」

「うん。葉でも茎でも、どこでもいいから」

「えー、なんかドキドキする……じゃあ、これ」

わくわくした表情で指先ほどの小さな葉にリリスが手を伸ばす。同時に、カーラも同じ鉢の葉を一枚手に取った。

ぷち、と茎から引きちぎると、ふわっと爽やかな香気が部屋いっぱいに広がる。

「わぁっ、すっごい香り……えっ、あれ?」

「枯れた?　魔女さん、なんで?」

リリスの指先が摘まんだ葉は瞬く間に茶色く変わってしまった。一方、カーラの手にあるそれは生き生きと青いままだ。

目の前で起きた異常事態に、リリスだけでなくトビアスやセインも目を丸くする。

「カーラ、どういうことだ?」

「この部屋の植物には、わたしの育成魔法がかかっているの。そのおかげで薬効が大幅にアップして精油もよく採れるけれど、わたし以外の手を受け付けない」

「……なんだそれは」

「今見た通りだよ。セインも確かめてみたら？」

勧められて、不審がりながらセインも茎を折り採る。と、やはりすぐに枯れてしまった。

驚いているセインの手のひらに、カーラが自分で採った葉を載せるが、そちらは枯れずに青々しさを保っている。

「こうしてわたしが採ったものなら、ほかの人に渡しても平気」

「カーラ、どうして？」

「これが魔女の魔法の一部分。リリスには何度も『魔術と魔法は違う』って言ったよね。魔女以外には再現性がないの」

「……そっかぁ」

残念そうに呟くリリスにカーラは苦笑する。魔法を教えてほしいと何度も頼まれ、断り続けていたが、ようやく納得したようだ。

見せて納得するなら、最初にこうして体験させればよかったかもしれない。

「よその薬草園を手伝わない理由のひとつがこれね。わたししか収穫できないなんて、現実的じゃないでしょ」

「はー、それはそうだ。なるほどねえ」

トビアスは納得したが、リリスはなおも食い下がる。

「で、でも、育成魔法を使わなければいいんじゃない？　魔法をかけなくても、カーラは育てるのが上手だって聞いているよ」

「お城にはプロの庭師もいるし、それこそ薬草や薬学の研究室がある。そこの人たちのほうが、知識も技術もわたしよりずっと上だよ」

「でもぉ」

「それに薬を作る部署は、薬草園とは別だよね」

「それは……うん。薬草園では育てるだけって親から聞いたかも」

収穫して、花と葉を分けたり乾燥させたりなどの、ごく簡単な加工をするまでが薬草園での仕事だ。製薬は薬草の納品先である医療院と植物研究室が担当することになっており、つまりは分業体制が整っている。

「そんなふうに、わたしの見えないところで作られる薬に、わたしは責任が持てない。で、責任がとれない薬に、わたしの育てた薬草が使われるなんていうことは、薬師として絶対に許されない」

出来上がった薬そのものだけではなく、使った材料の一片にまで責任を負う。それは、薬師の魔女としての矜持《きょうじ》である。

だからカーラは、自分以外の手で加工される薬草には関与しないと決めている。

これまでにも、カーラが育てた薬草だけを売ってほしいと持ちかけられたことが何度かあったが、全部断ってきた。

どこでどう使われるか分からないのに、ホイホイ渡すことなどできない。

「薬の責任の所在を明らかにすることは、薬を扱う者の基本。王妃様はそれも分かっているはずだよ」

「……そうだな」

まっすぐセインを見つめて言えば、ようやく納得したらしい。渋々頷《うなず》いて、自分の手にある枯れたミントに視線を落とす。

(それだけが理由で、こんなに鉢を増やしたわけではないけど)

薬の原料でも、鉱物は採掘には行かずに買っている。素材さえしっかり吟味できるなら、薬草も買ったもので構わない。

自分で栽培した薬草にこだわるのは、そうすることでカーラの魔法薬は最も効果を引き出せると分かったから。

魔法に自信が持てないカーラが、せめて材料にこだわった結果だ。

育成に使えるのはこの自室だけなので、限界まで鉢を置いてこうしてジャングルのようにしている。

(師匠みたいな腕があったら、買った材料の質が多少悪くても魔法でカバーできるんだけどね……はあぁ、我が身の至らなさが悔しいーっ)

しかし、腕の悪さを素材で補ったカーラの傷薬は質が高い。

できる薬には満足しているし、今のやり方を変えるつもりはない——とはいえ自家栽培を勧めた本人であるヴァルネも、さすがにカーラが寝台まで取っ払うとは思っていなかっただろう。

(アンタはいつも極端だ、って呆れられるだろうなあ)

カーラが恩師の説教を思い出す一方で、枯れた葉と、薬師の魔女としての真っ当な意見を見せつけられた三人は一様に黙り込んだままだ。

なんとなく気まずい沈黙に、カーラはええと、と斜め上を見る。

「そういうわけだから、お城には行かない。でも……薬草の状態を聞いて、助言……くらいなら、してもいいけど」

「ほんと？　それだけでも、うちの親は喜ぶよ！」

カーラが呟いた譲歩案にリリスはパッと表情をほころばせ、セインも驚いて顔を上げた。

持たされていた鉢をカーラに返しながら、トビアスがにこりと微笑《ほほえ》む。

「魔女さんって、なんだかんだ言って面倒見がいいよねえ」

「なっ、そんなこと……っ、粘られても迷惑なだけ！」

「うんうん。まあ、理由はなんでも、セインはひとまず陛下に前向きな返事ができそうで良かったなあ」

「……ああ」

（ちょっと、なんでまだ不満そうなの！　ほんっと、かわいくない！）

いかにも不承不承という感じにセインが頷くから、やっぱり申し出なければ良かったとさっきの自分の口を押さえたくなる。

そんなカーラなどお構いなしに、セインは勝手に次の予定を立て始めた。

「そうすると、まずは薬草園の職員に聞き取りが必要か。なら、次にここに来るのは来週くらいに――」

「えっ、セインはもう来なくていいけど？　調査書や質問書なら、送るか、リリスに預ければ済むよね」

こうして気軽にやってくるが、セインは近衛騎士でしかも役職持ちだ。王都外れの路地裏にあるカーラの薬局に頻繁に来る暇なんてあるわけがない。

どうせリリスは今後もここに来るだろうし、薬草園で両親が働いているから聞き取りだって面倒がない。

（魔女のことも嫌いなんでしょ？　わたしだって、あの白い制服じゃなくなったとはいえ、騎士は好きじゃないし）

お互い、距離を置けるならそのほうが平和だ。

そのはずなのにセインはまたムッとするし、トビアスはますます面白そうにして笑いを噛《か》み殺している。

「馬鹿を言うな。王妃陛下から直接受けた仕事を他人に振れるか」

「セイン様。それなら、これからはあたしと一緒にカーラのとこに通いましょうよ！」

「断る」

「んもう、いじわる！　でもそんな顔もカッコいい！　……あれ？」

取り付いた袖を軽くあしらわれたリリスが、芝居がかった様子でその場でくるりと回る――と、その拍子に何かを見つけたらしく、窓辺にある小さな鉢を指差した。

「カーラ、あの鉢はなに？　あれだけ空っぽだよ」

「ん？　ああ……あれは特別」

リリスが気付いたのは土だけがあって、小さな芽すら顔を出していない鉢だ。

両手ですっぽり包み込めるほどの鉢に、透明のドーム型フードが被《かぶ》せられている。カーラはミントの鉢を置くと、大事そうに土だけのその鉢を手に取った。

「この子はね、植えてだいぶ経《た》つけどなかなか芽を出さないの。もう三年もこのまま」

なぜかカーラの育成魔法も弾《はじ》かれてしまい、一向に発芽しないのだ。

その説明にセインたちは興味を持ったようだ。しげしげと鉢を覗《のぞ》き込んでくる。

「薬草なのか？」

「それがねえ、セイン。見たことがない種で、師匠と一緒にたくさん調べたけれど結局、分からなかったんだ。せめて発芽すれば手がかりが掴《つか》めると思うんだけど」

「へえ、魔女さんの魔法も効かない謎の種かあ。気になるね。でも、ダメになっちゃってない？」

「大丈夫、種は生きているよ」

いつ採取されたかも分からないけれど、種というものは保存状態がよければかなり長生きだ。

小麦の種などは、収穫後二十年保管していても芽が出るものもある。

「条件が揃《そろ》わないと発芽しなかったり、もともと時間がかかるものもあるから。気長に待っているところ」

「そうなんだぁ……なんだかロマンチック」

「きれいな花が咲くとは限らないよ、リリス」

（観賞用の花の種でないことは確かなんだけどね）

薬草だということは見当がついている。だが、なんの薬草かは分からない。

今できることは、芽が出る前に枯れたり腐ったりしないように育成魔法をかけて、保護魔法付きのカバーを被せて待つだけだ。ちなみにこのカバーもネティの魔道具である。

「薬師の魔女なのに育てられない薬草があるんだな」

「ふうん、そんなこと言うんだ？　年下で学生のアベル殿下からの一撃を受け止め損ねた近衛騎士のセリフとは思えないけど」

「なんだと？」

「あはは！　君たちを見てると飽きないよ」

勝ち誇ったように揶揄《からか》ってくるセインに負けじと言い返せば、トビアスに笑われた。

「トビアス氏、悪趣味ー」

「うんうん。魔女さんのそういうさ、歯に衣着せないところもいいと思うよ」

「は、どこがだ？　トビアス、寝言は寝て言え」

カーラとセインに睨まれてますます楽しそうにするトビアスは、セインと同い年と聞いている。

だがトビアスのほうがいろいろと年長っぽく、今のこの訳知り顔の笑みもカーラには摑みどころが無く感じる。

（お兄ちゃんが生きていたらこんなふうだったかなあ……って、いやいや、兄って）

存在は知っていても、顔も覚えていないのだ。比べることも、似ていると感じる事もおかしい。

だが、年上ぶるところとか、世話焼きと見せかけて案外あっさりしているところとかが、誰かに似ている。

(あれ。もしかしてトビアス氏って、ネティに似て――)

「カーラ！」

ぽっと思い浮かんだのは、「世話焼きでカーラの姉ポジションの」魔女友ネティの顔だ。その彼女の声が外から聞こえる。

「ん？」

「こっ、こ、ここ二階っ⁉」

窓の外から声が聞こえたのは、カーラだけではなかった。釣られて振り向いたリリスがヒッと息を呑《の》む――生い茂る薬草に囲まれた窓の向こうで、空を背景に人が浮かんでいた。

黒いローブに映える赤い髪、緑色の瞳によく似合うフレームの眼鏡の女性。

カーラの魔女友、ネティだ。

ぽかんとする三人の間を縫って窓に歩み寄り、カーラはガラス戸を大きく開く。

「わあ、空耳じゃなくて本物だった。ネティ、どうしたの？」

「それはこっちのセリフ。店の入り口が消えてるんだもん。留守かと思ったら二階《こっち》から声が聞こえたから、昇ってみた」

「あ、ごめん。階段を上がるときに無意識で店の扉も消したかも」

「客が来る想定をしていないところがカーラだね！」

ふわふわと浮かんでいるネティがまたがっているのは、魔女といえばおなじみのハリエニシダの箒《ほうき》だ。

飛ぶための道具は実際には箒でなくてもいい。

なんでも試したがるネティは過去に物差しや紡ぎ棒、果ては籠でも挑戦したが、どれでも問題なく飛べた。

最終的に箒を使っているのは「一番それっぽい」という理由である。

そして、いくら魔女とはいえ王都の町中を飛んで見咎《みとが》められないのは、地上の人々からは鳥に見えるような魔法を重ねてかけているからだ。

（わたしは飛ぶ魔法も、鳥に見える魔法も下手だけど）

変身魔法で鳥の姿になることはできるカーラだが、実際の姿は変えずに、鳥に見えるように大勢を錯覚させる魔法は難しい。

やっぱりここでも落ちこぼれの魔女である。

羨ましいのは本音だが、飛行魔法の腕が上がるよりも薬関連の魔法が上達したほうが断然嬉《うれ》しいので切実感は薄い。

「入って――って言いたいけど、ここじゃあ狭いね。今、下の扉を戻すから」

ただでさえ植物で埋まっているカーラの部屋は、大人四人ですっかり満員御礼だ。慌てて一階に戻ろうとするカーラを、ネティはにっこり笑って引き止める。

「ああ、いいの。今日は連絡だけ」

「連絡？」

「次の集会の日程が決まりましたー！」

（げ！）

じゃじゃーん、と効果音が付きそうな様子で声も高らかに発したネティとは裏腹に、カーラはものすごく嫌そうな顔をした。

「休む！」

「残念ながら、一年ぶりの強制出席回。明日の晩、場所はいつも通りレイクベル」

「明日？　そんな、急に言われても困る！　これから調合する予定の薬があるのに」

「だから前日に教えに来たんだよ。今から頑張れば朝までに作り終わるでしょ？　それに、何日も前に知らせると、カーラはなんだかんだ理由をつけて逃げるからね」

「うわあ、ネティに見透かされてる！」

勝ち誇った表情で断言され、カーラはがっくりと項垂《うなだ》れた。

「伝えたからね、ちゃんと来るんだよ。……カーラ、返事は？」

「は、はぁーい」

すごみの効いた声で念押しをされて降参だと両手を上げてみせれば、ネティの姿はシュッと上空に消えた。

振り向くと、リリスとトビアスはまたポカンと口を開けていた。

「匠《たくみ》の魔女か」

いかにも魔女嫌いらしい温度のない低音で、セインがぼそっと呟く。

「セインも知り合いだったのか？」

「まさか。一度見たことがあるだけだ」

アベルたちの婚約解消騒動の際、パトリシアとセインとの三人で学園へ向かう途中で、魔道具を借りるためにネティの魔道具店に立ち寄った。その時に会っていた。

しかし会ったとはいっても、馬車からも降りず、言葉を交わしたのもほぼカーラだけ。

ほんの僅《わず》かな時間だったにもかかわらず、セインがネティを覚えていたことにカーラは素直に感心する。自分だったら確実に忘れている。

「一度しか会ってないのに、セインはネティのこと覚えているんだ」

「当然だろう。お前の貧相な記憶力と一緒にするな」

「またお前って言うんだから。次に言ったらセインのこと『あなた～』って裏声で呼んであげようか」

「絶対やめろ」

「ちょっ、二人ともやめて、可笑《おか》しすぎる！」

恒例のやり取りにトビアスとリリスが吹き出した。真剣に不満を訴えているカーラからすると、面白がられるのは不本意なのだが。

腹を抱えて笑いながら、トビアスがカーラに訊《き》く。

「匠の……っていうと、もしかして魔道具とかを作る魔女さん？」

「うん、そうだよ。お城に近い表通りにネティの魔道具店があるけど、トビアス氏は会ったことない？」

「残念ながら。城周辺の担当は僕じゃないからねえ」

「リリスは？」

「魔道具なんて高価なもの、学生のあたしが買えるわけないでしょ。あの嫌なブレスレットが初めてで、それっきりよ。魔道具店なんて入ったこともないわ」

「そっか」

トビアスの管轄はこの路地裏周辺だ。なるほど、王城が近い一等地の店主とはそこまで面識がないだろう。

それに、高額になりがちな魔道具はリリスのような平民の学生が簡単に買える値段でもない。

（そもそも、ネティの作る道具は量産品とは違うしね）

ネティは魔道具の研究を本業にしている。店頭には一般的な魔道具も多少は並べているが、彼女が本領を発揮するのは受注生産品だ。

従って、顧客の多くは金銭的に余裕のある貴族や豪商である。

「えっとねえ、トビアス氏は学園での様子を録音した魔道具を覚えてる？　あれを作った人だよ」

「あっ、あのペンダント！　覚えてるよ、すごかったよね。さっきの魔女さんが、あれを？」

ぱっと明るい顔で感心されると、自分のことではなくても誇らしい気持ちになる。

ネティの店には、このセルバスター国だけでなく他国からも注文が入る。

受注も納期もネティの気分次第という無茶苦茶な方法でも商売が成り立つのは、ひとえに彼女の魔道具製作の腕が超一流だからだ。

「そんなにすごいんだ……ねえカーラ。今度でいいから、今の人を紹介してほしいな」

「リリスをネティに？　なんで？」

「だって、魔道具を作ってるのならもしかしたら同業になるかもだし、あたしもいつか買うかもだし、会っておきたいもん」

「ああ、なるほどね」

魔術師は魔道具師を兼ねることも多い。事実、リリスがダレイニーに嵌《は》めさせられたブレスレット型魔道具を作ったのは、魔術団員のサドラーだ。

魔法陣を描くのが得意なリリスはそちらの研究に進むとカーラは思っていたが、この先、魔道具製作に興味を持つ可能性もある。

両手を胸の前で組んでお願いポーズをするリリスは、セインやトビアスの気を引こうとしているときよりも目を輝かせていた。

（へえ。可愛《かわい》い顔しちゃって）

リリスは見目のよい男性の前だと露骨に態度が変わる。そのわりに執着しているようには感じなかったが、案外、魔術《こっち》のほうが本当は好きなのかもしれない。

ネティにとっても、王宮魔術団の知り合いが増えることは悪くないだろう。

「いいよ、機会があったらね」

「魔女さん、その時は僕も挨拶していい？　僕ねえ、魔道具とか好きなんだ」

「トビアス氏まで？　まあ、ネティが嫌がらなければ構わないけど」

「やった！　楽しみだなあ」

トビアスは子供のようにわくわくとした表情をしている。

彼が見たのは魔女専用の魔道具だ。自分は使えなくても、図抜けた道具というものは純粋に興味を引くのだろう。

「じゃあ……薬草園を手伝えない理由も話したし、わたしも明日までにやることが増えちゃったし、今日はもういいね。リリスも学園に戻りなさい」

「そうだね。僕たちもそろそろ騎士団に帰らないと」

調剤室で抽出中の薬液は消費期限がせいぜい二日。明日は外出になってしまった以上、今夜のうちに作り終えないといけない。

(今日明日で、のんびり作ろうと思っていたのになあ)

そうは言っても、せっかくの材料を無駄にする気はさらさらない。

「はあ……夜中まで頑張ればなんとかなるか」

徹夜覚悟のため息を吐《つ》きながら、先にリリスとトビアスを部屋から出し、狭い階段を一列になって下りる。と、カーラの後ろにいたセインから声をかけられた。

「……匠の魔女は、『集会』と言っていたな」

「そうだけど？」

「あっ、ねえ、カーラ。その集会ってどんなことするの？　魔法を見せ合ったりとか、そういうの？」

「えーっと、情報交換して、食べて飲んでって感じかな」

リリスは研究発表会みたいなものを想像しているようだが、いわゆる懇親会だ。

「宴会か」

「そうともいう」

「へえ、楽しそう。魔女が全員集まるの？」

「いつもは気が向いた人だけだよ。わたしはそっちには行ってない」

「いつもって？」

「年に一回、強制参加の日がある。それが明日……あー、行きたくない」

魔女の集会は時々開かれているが、カーラはここしばらく顔を出していない。

どんよりと表情を曇らせたカーラに、リリスが首を傾《かし》げる。

「なんで行きたくないの？　もともと魔女って人数が少ないんでしょ、仲良くしていたほうが良いと思うけど。あっ、実はほかの魔女と仲悪いとか、みんな嫌な人ばっかりとか」

「違うって、リリス。別にすっごく仲良しってわけじゃないけど嫌いでもないし。仲は普通だよ」

「カーラの普通は信用できなそうだけれどな」

「セインがまた不愉快なことを言う」

基本的に魔女同士の交友は淡泊だと思われる。

強固な仲間意識や排他的思考の押しつけはなく、緩いが途切れない連帯感で繋《つな》がっている。あくまで個であることを優先するため、ケンカや派閥とも無縁だ。

師弟の間ですらあっさりしていて、弟子が独り立ちすると「元師弟」というだけの対等な関係になることが多い。

カーラのように、師匠であるヴァルネの最期の時まで一緒に暮らしたこと、そしてこのように頻繁に会うネティという世話焼きな魔女友達がいることは、わりとレアなケースである。

魔女は放っておくと孤立しかねない。だからこそ、定期的に集まって顔を見せ合うことにしている。それが集会の一面だ。

「嫌いな相手じゃないならどうして？」

「……絡まれるのがウザくて」

いつまでも子供扱いをされるとぼやくと、リリスが不思議そうに首を傾げた。

「子供って、カーラはあたしより年上だよね？」

とっくに一階に降りきっているし、消してしまった表扉も戻っているが、リリスはその前で立ち止まっている。

答えを聞くまで帰らなそうだと、カーラは渋々行きたくない理由を口にした。

「とっくに成人してるよ。でも残念なことに、わたしは魔女の中では新人だから」

「カーラが新人？」

赤字続きとはいえ薬局も一人で切り盛りしている、れっきとした社会人だ。

新人という意味が分からなくて疑問を浮かべたセインたち三人に、そういうことではないとカーラは首を横に振った。

「薬師《くすし》としての経験や年齢じゃなくて、自分が魔女だと判明してからのキャリアのこと。この国にいる魔女の中で、わたしが一番新しい魔女なんだ。いやまあ、実年齢でもたぶん一番下だけど」

「そうなのか？」

「なんで嬉しそうなの、セイン。さては『こいつ下っ端か』とか思ったんでしょ」

「さあな」

珍しく愉快そうに口角を上げるから睨んでやったが、効いていない。

整った顔でしれっとされるのが小憎たらしい……そういえば、まだ踵《かかと》の高い靴を買えていない。

今度入金があったら食事を抜いても買いに行こうと、カーラは静かに心を決めた。

「で、結局どういうことなの、カーラ」

「えーっとねえ、わたしの後には新しい魔女が見つかっていないんだ。だからわたしが最後の新入り」

「ああ、そういうこと」

納得した様子のトビアスとリリスだが、カーラは腕を組んで遠くを見る。

「でもねえ、十五年も新人やってれば飽きるって」

「十五年だと？」

「んー、十六年になるかな？　師匠のとこに来てからだから……まあ、そのくらい」

指折り数えるカーラの、あまりにも長い新人期間にさすがのセインも驚く。

騎士団も学園も毎年新しい団員なり生徒なりが入ってくる。

魔女は自然発生だからそう頻繁に新入りが現れないとしても、さすがにそんなに長く空いていたとは思いもよらなかったらしい。

自分が魔女だと分かるタイミングには個人差がある。生まれてすぐという人もいれば、孫が生まれてからという人もいて本当に様々だ。前兆や、特別なきっかけなどもない。

魔女になる条件や原因があるのでは、と調べた者も過去にいたようだが、これといったものは見つけられなかったそうだ。

カーラが魔女だと分かったのは、ヴァルネに引き取られたのと同時期。

魔女だから引き取られたのか、たまたま引き取った子が魔女だったのかは分からないし、尋ねていない。どちらでも良かったからだ。

「初めてほかの魔女に紹介されたのがその四、五歳の時だからね。子供扱いも仕方なかったけど、今はもう二十歳なのになぁ」

しょんぼりと項垂れるカーラは当時幼かっただけでなく、その年齢としても小柄だった。

誰が見ても実年齢より下に見えただろうし、火災のショックで記憶の混乱もあり、一年ほどは言葉も覚束《おぼつか》なかった。

魔女仲間は、庇護《ひご》欲をそそったその第一印象を今も引きずっているのだ。カーラもそれは理解しているが、そろそろ認識を改めてもらいたい。

「ずーっと新人扱いかぁ。それはなかなかキツいねえ」

「トビアス氏、分かってくれる？　後輩がほしい……っていうか、下っ端を卒業したい」

十五年も新人をやっているのだ、もはや新人のプロである。そろそろ飽きていいと思う。

「でも、魔女としていつ自覚するか分からないってことは、次の新人魔女さんがカーラより年上の可能性もあるってことよね」

「言わないで、リリス。それは考えないことにしているんだから」

盛大にため息を吐くカーラに、トビアスがさらに疑問を口にする。

「騎士団の新人はとにかく体力作りをさせられるけど、魔女さんの新人ってどんな感じなの？　魔法の特訓を受けたりとか使い走りさせられたりとか」

「魔女は騎士団みたいに縦社会じゃないから、そういうのはないよ。ただねえ、集会では食べさせられるから参ってる」

「食べさせられる？」

「あれも食べろこれも食べろって、お姉様方がうるさくて。成長期の子供扱いなんだよねえ」

集団行動もしない魔女には覚えるべき規律もない。

それぞれが違う魔法を得意として序列というほどのものもないから、理不尽な指示を受けることはない。

だがほかの魔女は、落ちこぼれ魔女のカーラのことを異様に子供扱いするので気疲れするのだ。

その中でも困っているのが、食べ物である。

（出来の悪さを揶揄われるのも、ピントのずれた魔法上達のアドバイスも我慢できるけど……魔力操作に効果があるっていうゲテモノ料理だけは、もうたくさん！）

得意料理をご馳走《ちそう》されるところまでは、まだいい。

だが、いわゆる滋養強壮的なスペシャルメニューをやたらめったらに勧めてくるのは本当に止《や》めてほしい。

断ったら悲しげにしょんぼりされる――などということはなく、問答無用でカーラの目の前に皿を積み、食べなければ魔法を使ってでも口に突っ込まれるのだ。

しかもヴァルネが亡くなってからは、輪をかけて食べさせられるようになってしまった。毎度そんなふうに構い倒されて、心が折れる前に胃がもたない。

集会から戻るとまず真っ先に、自分の調合した胃腸薬を気を飛ばしながら飲む羽目になる。作った本人ではあるが、あの薬は本気で不味《まず》い。飲みたくない。

「食べさせてくるって、親戚のおばちゃんみたいね」

「親戚のおばちゃんってそうなの？」

「そうだよ。たまに会うと、あたしも同じようにすっごい食べさせられるから、その度に体重は増えるしニキビはできるしで、困るの分かる！」

「いや、体重じゃなくて胃袋と味覚の問題だけどね、わたしは」

眉を寄せて同意するリリスに、トビアスも同意する。

「僕も分かるなあ。いまだにカスタードプディングが好物だと思われているし」

「きゃっ、トビアス様は甘いものがお好きなんですか？　あたしもなんですー！」

「いやいや。初めて食べたときにずいぶん喜んだらしいんだ。僕はぜんぜん覚えてないくらい小さい頃の話なのに、親戚で集まると必ず『これ好きだろ！』って朝も夜も毎食出されて、もう見るだけで気持ち悪くなっちゃって」

「分かりますぅ、でも、小さい頃のトビアス様……ふふ、かわいいですー！」

（なるほどー、普通の家はそうなんだ）

きゃいきゃいと楽しそうに昔の話で盛り上がるリリスとトビアスを、普通の家族というものに縁の薄いカーラはふむふむと興味深く見守る。

ふと隣を見上げると、集会の話を振ってきた当人であるセインがつまらなそうな顔をしていた。

胃……というより、胸が苦しいような表情だ。

「？　……セイ――」

思わず声をかけそうになって、はっと我に返る。

（っていうか、この人たちいつまでここにいるの？）

近衛騎士は暇ではない。リリスだって、そろそろ家族が医療院から戻ってくる頃だろうし、カーラにもやることがある。

「ねえ、もういいでしょ。そろそろ帰って」

「あっ、待って、カーラ。もうひとつだけ教えて。さっきの魔女さんは『強制参加の回』って言ってたけど、それって毎年決まった日なの？」

リリスが縋《すが》るようにカーラの袖を引っ張る。

甘えた態度だが、その瞳にあるのは純粋な興味だと分かるから拒めない。

「……集まるのは『晴れた満月の晩』って決まっているけど、それは別に行かなくてもいいの。でも、一年のうちで一番大きい満月の日だけは問答無用で全員参加って決まっていて、それが明日ってこと」

「どうして満月の晩？」

「リリス、さっきから質問ばっかりなんだけど。そんなに魔女のことが気になるの？」

「うん」

「なんで？」

「な、なんでって。えっと、知りたいと思った……だけじゃダメ？」

どうして興味を持つのか分からなくて首を捻《ひね》るカーラに、リリスはなぜか頬を染めて口ごもった。

「別にダメじゃないけど、どうして知りたいのか分からない。知ったところでリリスがなにか得するわけでもないのに」

「魔女さーん。彼女は得をしたいから知りたいわけじゃないんだよ」

「じゃあ、なにが目的？」

「それはねえ、憧れっていうか、好きな人のことは知りたいっていう――」

「ト、トビアス様！　いいの！　あたしが知りたいんだから教えてよ！　これだけ聞いたら帰るから！」

「？」

なにやら暴露しそうになったトビアスを焦ったようにリリスが遮る。結局、リリスの意図はカーラには分からないままだ。

(詳しくなっても、魔女じゃないリリスに魔法は教えられないのになあ)

「んー、よく分かんないなあ。まあ、別に秘密じゃないから教えるのはいいけど……満月の晩っていうのは単純に、前からそうだっていうだけだよ」

「それだけ?」

「そう」

カーラの返答に、リリスは拍子抜けしたようだ。

昔から、魔女と月は関連付けられる。

理由には諸説あるが、魔女という生き物はカーラを含めて、カレンダーを気にしないうえに昼夜逆転な生活を過ごし気味なため、夜に見える月なら基準にしやすいということもある。

それに、月が明るい晩は魔法がかかりやすいためか、なんとなく気分がいいのだ。

ご機嫌だから旧友と飲みたいと思ったとか、発端はそんな事だろうと思う。

(満月の日は、不思議と魔法薬の出来もいいんだよね。飲み薬も成功する可能性も上がるかもしれないから、皆で集まるよりもここで薬を作っていたいんだけど……でも、たまには顔を出さなきゃなあ)

魔女の全員が、カーラのように引きこもり気味に薬を作っているわけではない。

交友関係の広い魔女もいるし、一年のほとんどを旅をして回っている者もいる。そういう魔女は国内外の目新しい情報を持っている。

カーラが知らない間に新種の薬草が発見されているかもしれないし、これまでと違う魔法を発現した誰かがいるかもしれない。

胃腸の負担を考えると気が重いが、やはり前向きに参加するべきだろう。渋々心を決めていると、リリスがまたカーラの袖をくいっと引く。

「リリス……まだなにかあるの？」

「えへへ、これで本当におしまいにするから！　あのね、『一番大きい満月の日』はどうやって分かるの？」

「ああ、それくらいなら。魔女の一人が占いで確かめるんだ」

「えぇー、占い？」

「占いをバカにしない。それに『占いの魔女』のアンジェは昔、『先読みの魔女』って呼ばれたほどの――」

「カーラ。今、なんて言った？」

話を続けようとしたカーラを突然セインが遮り、リリスを押しのける勢いで近寄った。

「セイン？　なにって、占いで」

「その後だ」

「おい、セイン」

（は？　いやちょっと、待っ――!?）

止めるトビアスの声も聞こえないらしい。鬼気迫る様子でさらに詰め寄られたカーラの足が下がり、背中が階段室の扉があった壁に当たる。

それ以上後退できなくなった体の脇に、両手を突かれて囲われた。

——逃げ場がない。

「先読みの魔女と、そう言ったな」

近い。息がかかるほどの距離で、暗い熱を帯びた瑠璃紺《るりこん》の瞳がカーラの目の前に迫る。

初めて見る剣呑《けんのん》すぎるセインの表情にカーラは息を呑んだ。

「言ったよ。それがどう……っ」

「会わせろ」

「は？」

予想外の言葉にカーラは丸くした目をパチパチと瞬かせた。

聞こえているが、言われた意味が分からない。

(会わせろ？　誰に？)

「はあー……なにしてんの、セイン」

「ぐっ⁉」

ため息まじりのトビアスの声に重なって、カーラの前から圧が消える。はっと我に返ると、襟首を掴《つか》まれたセインが離されたところだった。

代わりに、目を大きく見開いて頬を染めたリリスがこちらを凝視している姿が見える。

「やだー、二人って実はそういう……ねえ、そこまで近寄っておいてキスはしないの？」

「ちょっとリリス！　今のどこをどう見たらそんな勘違いができるの！」

「こーんなに可愛いあたしにセイン様がそっけないのは、そういうことなのかぁって、ようやく納得したところ。うん」

「ちっとも伝わってない！」

憤慨しつつ否定すれば、分かっていると言いたげにリリスに頷かれた。理不尽である。

げんなりするカーラにセインがなにか言いたそうにしたが、トビアスに口を手で塞がれ強引に頭を下げさせられた。

「おま――モゴッ」

「ごめんね魔女さん！　コイツ寝不足でちょっとアレなんだ……っていうのも、言い訳にもならないよね。セイン、ほら謝る！」

一緒になって繰り返し詫《わ》びるトビアスに、ようやくセインも自分のしでかしたことを理解したようだ。気まずそうに顔を背けて謝罪を口にする。

「……悪かった」

「本当にごめんね。連れて帰って、よく言って聞かせるから」

「いや、驚いただけだけど。でもあと一瞬遅れていたら魔法で飛ばすところだった。……トビアス氏、リリスも送ってくれるかな。帰る方向、同じだよね」

「えっ、いいんですかぁ？　嬉しいー！　じゃあカーラ、またね」

「しばらく来なくていいよ」

「ひどーい！　トビアス様、カーラが意地悪言うのー！」

「うんうん、残念だねえ」

弾む足取りのリリスと対照的に、後ろを気にするセインは引きずられるようにして出ていった。

賑《にぎ》やかに三人が出ていき、古い扉がゆっくり閉まると店には妙な静寂が落ちる。

大きく息を吐くと、カーラは改めて壁に背中を預けて脱力した。

「……今の、なに……？」

セインに覆い被さるように押し寄られて、いつもとは違う眼差しをぶつけられて――心臓がうるさい。

うるさいが、怖かったわけではない。驚いただけだ。

――カーラは騎士が嫌いだ。

特に苦手なのは、以前の白い近衛の制服だが、服だけではなく中身だって好きではない。

トビアスのように付き合いやすい相手もいると知っているが、話をするのは用があればこそ、が基本である。

しかもセインとは初対面から印象最悪で、会うたびに口論ばかり。そんな相手に必要以上に近寄られたら、全身に鳥肌が立ってもおかしくないのに。

驚いたしムカついたが、鳥肌は立たなかった。

それだけでなく、吐くほどの嫌悪感も、制御できないほどの恐怖心もない。

（なんで？）

それが自分でも不可解だ。

騎士服が白から紺になった程度で、そんなに心証が変わるだろうか。だが、ほかに理由が思いつかない。

「……服の印象ってすごいんだな」

自分に言い聞かせるように口に出す。

もう一度深く息をすると、明日までの段取りを頭の中で組みつつ、カーラは調剤室に向かった。

3 × 王妃の事情

三人が薬局を出ると、背後で閉まった扉がフッと消えた。

ただの石壁になったそこにトビアスとリリスは目を丸くしたが、セインにとっては二度目であり驚くに値しない。

「わあ、魔法だ！　さすが魔女さんの薬局！　だけど、うーん、嫌われちゃったねえセイン」

「明日の支度があるから、早じまいにしただけだろう」

「それはそれ。セインは本当に反省しなよ、怖がらせるようなことするなって」

「怖がっているようには見えなかったが」

「いや、そういう問題じゃないからね！」

トビアスが話して聞かせるが、セインはいまいちピンときていない顔をしている。

再度窘《たしな》められたセインに向かって、二人の間にちゃっかり入り込んで歩くリリスが楽しそうに声を上げる。

「ていうかぁ、セイン様って実は大胆なんですね！　あたしはああいうのも嫌いじゃないですけど、強引なのは苦手っていう女の子も多いですから、相手を選んだほうがいいと思いますよぉ」

「……は？」

「それにしても、人目も気にしないで迫るなんて情熱的！　あたしのほうが断然可愛《かわい》いですけど、まあ、相手がカーラなら特別に許します」

「お前はなにを言っているんだ」

「リリスですぅ！　覚えてくださいねっ」

「……陛下への報告もある。俺は先に行く」

魔女の薬局を出てまで頭の痛い思いをさせられるのはご免だと言いたげに、セインはリリスをトビアスにまかせ、歩調を速めた。

「おい、セイン！　……あーあ、仕方のない奴」

「セイン様、照れた顔もかわいいー」

「照れとは違うと思うけど。君、強いねえ」

「うふふ、もっと褒めていいですよ！　じゃあトビアス様、デートします？」

「さっき言ってた劇団？　僕はお芝居って詳しくないからなあ」

嬉《うれ》しそうに弾む声と困ったような呆《あき》れ声を背中に聞きながら、セインは足を動かす。

すっかり歩き慣れてしまった道を早足で進みつつ反芻《はんすう》するのは、さっきのカーラの言葉だ。

――『占いの魔女』のアンジェは昔、『先読みの魔女』って呼ばれて――

（占いの魔女が、先読みの魔女と同一人物だと……？）

セインの実家であるハウエル男爵家が傾き、父が命まで失うことになった原因は、先読みの魔女だ。

当時まだ子供だったセインは、父と先読みの魔女の間にどんなことがあったのか、詳細を知らない。

しかし、借金を重ね、売れる物はすべて売って作った金を、父は彼女に貢いだ挙げ句に死んだ。病気がちだった母は、借金取りの執拗《しつよう》な催促にも醜聞にも堪えられなかった。ほどなく後を追うように亡くなり、セインたち兄弟は路頭に迷った。

当時の王太子夫妻――今の国王と王妃――が救いの手を差し伸べてくれなければ、自分たちも領民も悲惨な結果になっていただろう。

（……どんな父親でも、身内には違いない）

セインの父に対する印象は薄い。

優柔不断で駆け引きが苦手な父は貴族の間を上手く立ち回ることができず、領地経営も得手とは言えなかった。

細々と男爵家を営んでいたが、経済状態は常によくなかったはず。

精神的にも余裕がないためか家族との関わりも希薄で、幼い頃でさえ遊んでもらったことも、どこかに連れて行ってもらった記憶もない。

妻である母の病気も見て見ぬ振りをしていたくらいだから、父自身、家族などどうでもよかったのかもしれない。

（家族間の問題や、領地に関することは父の責任だ。しかし、搾取した魔女に非がないはずがない）

先読みの魔女がどんな思惑で父に接していたのか。

直接会って真意を問い質《ただ》したいと願っても、魔女は父の死後まもなく身を隠してしまったうえ、セインは魔女の本名も分からなかった。

セルバスター国にいる魔女の人数は多くなく、国への登録も義務付けられている。近衛の特権を使えば調べることは可能だ。そうせずにいたのは兄が乗り気でなかったことと、魔女に関わることへの忌避感のほうが強かったからだ。

それに、「先読みの魔女」と名乗る者はずっと不在のままだったから、国外に出たものと思い込んでいたのだ。

(このまま魔女と接点なく生きられるなら、それでもよかった)

最悪だったあの時期を振り返って思い浮かぶのは、覇気のない父の背中と、泣いて伏せってばかりの母。

そして一度だけ見た、先読みの魔女。

債権者とともにいた彼女は、つまらなさそうな顔をして父を嘲笑した。

過去も記憶も、切り捨てることができればラクになれたかもしれないが、そうするには重すぎた。どうしようもない思いを長年くすぶらせていたところに、先日の王妃の命《めい》である。胸がざわついたが、騎士としての責務は郷愁や私怨よりも優先すべきことだった。

『薬師《くすし》の魔女カーラ』は魔女らしく一般常識の埒外《らちがい》にいたが、それにしては妙な人物だった。

魔女は嫌いだと言うセインに、真っ向から自分も騎士は嫌いだと言って憚《はばか》らない。歯に衣着せず、騎士の同行は不愉快だと不満を口にし、王族に対する忠誠心もない。

しかし……文句を言いながらも受けた任はおろそかにせず、嘘《うそ》やごまかしは口にしなかった。

(学園で殿下に斬《き》りつけられた時に怯《ひる》まなかったのは、単に鈍いだけな気もするが)

変身魔法を有効に使えばもっと稼げるだろうに、閑古鳥《かんこどり》が鳴く薬局で薬師の魔女であろうとあがいている不器用さも含めて、端的に言って変な奴である。

盟約の繋《つな》ぎ役という任を終えてからもカーラと接点があったのは、薬局を訪れる必要があったからだ。

しかし、その任はセインでなくてはならないものではなかった。

ほかの誰かに命じることもできたし、実際にトビアスは何度か「代わろうか」と持ちかけてきた。

それを拒否した理由は自分でも分からない。

「……明日、か」

日取りを決めた本人、しかも出席が強制される集まりなら、その『占いの魔女』――『先読みの魔女』も集会とやらに必ず現れるだろう。

普段の仏頂面に拍車がかかった状態で舌打ちをひとつすると、セインは王城へ急いだ。

§

王城内にある藍《あい》の宮殿に到着すると、王妃は中庭にいるとのことでセインはそちらへ向かう。

小さいながらも一年を通じて植物が生い茂るこの中庭は、凝った噴水や色鮮やかな花で来客の目を楽しませるスペースだ。

先代の王妃は接待にしか使わなかったが、成婚前から薬学を研究していた現王妃シルヴィアはここに薬草も植えた。

王城の敷地は広く、薬草園は宮殿から遠い。少しでも近くに研究材料を用意したかったのだろう。

セインが中庭に着いた時、王妃は植物研究室の職員と一緒におり、持たせた籠に薬草を採り入れていた。

顔を向けた王妃に、ブーツの踵《かかと》を打ち鳴らして敬礼の姿勢を取る。

「近衛騎士団第一隊副長セイン・ハウエル、ただいま戻りました」

「ご苦労。報告を聞こう」

薬草園に来てほしいという依頼は断られたこと、助言だけならしてもいいと言われたことを、端的に王妃に説明をする。

「――以上、万事ご希望通りとはいきませんでした。力及ばず申し訳ございません」

「構わぬ。十中八九、カーラは断ると申したであろう」

「ですが」

「『相談には乗る』と言質《げんち》は取れたのだ。今代の薬師の魔女からそれだけ引き出せれば、今のところは十分だ」

王妃は満足そうにセインの報告に頷《うなず》いた。

今回の王妃の命について、セインには異論がある。

口には出さなかったが顔には出ていたようで、王妃は収穫鋏《ばさみ》をパチリと閉じて白衣の職員に預けると、セインに視線を向けた。

「なにか言いたそうだな、セイン？」

「……恐れながら。なぜあの者《カーラ》を重用なさるのかと。正直、薬師としての技量は未熟と見受けます」

これまで魔女との盟約を使っていたのは陛下やほかの王族たちばかりで、王妃が直接依頼をしたのはカーラが初めてだった。

カーラの作る外傷薬の効果が抜群なのは、騎士団員全員が知っている。

しかし相変わらず薬局には客がいない。棚の品揃《しなぞろ》えは石けんなど日用品に分類されるものばかりで、本道であるはずの内服薬がないことからも薬師の魔女として落ちこぼれと言える。

どうして、技量不足のカーラに王妃はこだわるのか。

実績があり、まだ盟約の依頼をできる回数が限度に達していない魔女もいる。

そういった者ではなく、裏路地の薬局でくすぶっているカーラを選んだのはなぜか。その理由をセインは知らない。

「ほう、疑問か」

「ほかにも力のある魔女はおります。実際に王太子殿下とパトリシア妃の件で変身魔法が役に立ったとはいえ、必ずしも成り代わって学園へ行かなくとも解決できたでしょう。それに今回の薬草園に限って言えば、そもそも魔女を頼る必要がありません」

カーラも指摘していた通り、扱いが相当難しい薬草であっても王宮の庭師や植物園の研究者たちの手に負えないはずがない。

しかも、断られるだろうと予測をしていたのなら、なおさらカーラに依頼する意味が分からない。

そこまで言うと、王妃はふっと口元だけで笑った。

「我がカーラと関わりたいのでな」

それはどういう意味だと視線だけでなく顔を上げると、王妃は薬草籠を持って控えていた職員を手を振って下がらせた。

職員が中庭から去り、王妃とセインだけが残されると、王妃は声のトーンを落とした。

「今後も其方《そなた》には命ずることがあろうから、伝えておこう」

(……口外無用ということか)

言われなくてもそう理解したセインは、その場で姿勢を正す。

「カーラに実の家族がいないのは知っているか?」

「はい。本人から直接聞いたわけではありませんが」

二年前に亡くなった魔女ヴァルネが師匠かつ養母だということは、カーラ自身の家族はいないということだ。

引き取られたのは四、五歳だと言っていたから、その頃に身寄りを亡くしたのだろうと想像はつく。

そう答えたセインに王妃は、カーラの家族は全員火事で亡くなっていると教えた。

「我の子供のころの夢は、王妃ではなく薬師になることだった」

「……は」

話に脈絡がない。

王妃が婚前から薬学の研究を続けているのは広く知られていることだが、この流れで言うことだろうか。

相槌《あいづち》を打ち損ねたセインに構わず、王妃は話し続ける。

「我は、次期王妃と目されていたマリーとは違い、ただの一令嬢として育った。学園で学び、植物園や研究室にも顔を出すようになったが、薬学者としての力量は人並みだ。並外れた才覚もなく、ある程度の結果しか出せなくても……楽しくてな。研究を辞める気などなかった」

本心でそう思っているのだろう。

中庭に広がる花壇に目をやりながら穏やかな笑みを浮かべた王妃は、しかし、と真剣な表情に変える。

「陛下と出会い、初めて将来を悩んだ。王太子妃、ゆくゆくは王妃となれば、研究を続けるなど無理に決まっている。マリーのこともあり、求婚を受けるかはかなり迷って……やはり陛下の申し出は辞退しようと、ほぼ心を決めていた」

「そうだったのですか」

意外だった。

国王と王妃は、公私どちらの場面でも欠かせないパートナー――どう見ても陛下側のほうの気持ちが重いが――である。

この二人が並び立たない可能性があったなど、セインには想像が付かない。

困惑の表情を浮かべたセインに、王妃は目を細める。

「だが、そんな我の背中を押した人物がいた」

同じ薬学の女性研究者として尊敬していた先輩だと王妃は言う。

植物学者の男性と結婚して子供に恵まれ、王宮の研究室での実働からは遠ざかったが、頼りになる指導者として籍を残していた。

その先輩研究者は、シルヴィアの苦悩を朗らかに打ち消した。

『あら、シルヴィア。貴女《あなた》なら公務と研究を両立できると思うけど』

王妃になっても研究はできる。いつだって、やり方さえ見つけられたら可能性はあると、彼女は笑う。

『王妃様が研究しちゃいけないなんて決まりはないわ。誰だって学んでいいのよ』

けれど、研究者を導いたり、環境を整えたりすることは誰にでもできるわけではない。それらは上に立つ者だけが采配を振れる仕事だ。

——そういう仕事も、やりがいがあるのではなくて？

ついでに自分好みの研究室を作れるわよ、と言い切る彼女は、三人の子を育てながら自宅で独自の研究を続けており、最近も緻密な論文を提出したばかりだった。

「片方を選んで片方を捨てる必要はない。それに、どうせ結婚しようと職場を離れようと、研究からは逃げられない性《さが》なのだと彼女に言われると、説得力があってな。自分もそうだろうと思ってしまった」

「その助言で心をお決めになったのですね」

「左様。憧れた先輩であり、研究者としての恩人とも言えるな……陛下と婚約後はそれまでのように気軽に会うことは難しくなり、しばらく疎遠でいた。久しぶりに彼女から連絡があったのは成婚してからで、一番下の娘に魔女の力が発現した、と打ち明けられた」

魔女と聞いて、セインがピクリと反応する。

上の二人とは歳が離れて生まれた子で、まだ幼かった。

魔女は必ずしも先達《せんだつ》の魔女から魔法を教わる必要はない。だが、理性の働きが弱い幼少期は魔力の制御がうまくできない。不用意に魔法を働かせてしまうことがあり、そうなると本人にも周囲にも危険が及ぶ。

いつから、どのように学ばせるのがいいのかを相談したいから、王家で把握している魔女を紹介してほしいという依頼だった。

「彼女が連れて来た娘は母親と同じ、金の髪と新緑の瞳をしていた」

「……！」

それは、ついさっきまで会っていた人物の色に重なる。

「娘は育成魔法が使えたそうだ。それを得意とするのは、『癒やしの魔女』か『薬師の魔女』だ。姿だけでなく性質も母から引き継いだのなら、薬師だろう」

そこまで聞けばセインでも分かる。

その娘というのは、カーラのことだ。

「我は魔女ヴァルネに繋ぎを取った。しばらくして、ヴァルネと会える段取りが付いたと彼女から礼を伝える手紙が届いて……それが今生《こんじょう》の別れになった」

細く息を吐いた王妃の声音が重くなる。

「……亡くなったと知ったのは、火事から半月以上も経《た》ってからだった。ただ一人助かった末娘はヴァルネに引き取られたと聞いて会いに行ったが、いまだに全身を包帯で巻かれ満足に顔を見ることもできなかった」

王宮の医療院からも医師を派遣したが、薬師の魔女以上の手当てはなかった。

ヴァルネがいなければ、かろうじて助かった命も危なかっただろうと王妃は語る。

「頭を打ったらしくてな、娘は記憶を失っていたそうだ。だが覚えていなくても、家族や火事を想起させるようなものを目にすると酷く混乱した。精神的にも危うい状態で、娘のためにも会いに来るなとヴァルネに釘《くぎ》を刺された」

記憶が戻るか、成人したらいずれ再会の場を設けると話していたが、叶《かな》う前にヴァルネは亡くなり、約束は宙に浮いたまま止まってしまった。

「……それでカーラを」

「恩人の遺児で、腕利きだった魔女ヴァルネ唯一の直弟子《じきでし》だ。気にかけないほうがおかしいだろう」

セインが言ったように、盟約の行使だけならば実績のある者がほかにいる。

王妃がカーラに依頼をしようと思いついたのは、ベケット伯爵夫人が不意にこぼした「変身魔法のできる魔女」の話を偶然聞いて、それがカーラだと知れたからだ。

「カーラは、我との関係を一切知らぬ。突然呼び出すのも会いに行くのも不自然だ。言い方は悪いが、アベルたちの件はいい機会であったな。それに、ほかの魔女では二人を元の鞘《さや》に収めることはできなかったと思うぞ」

「……その点は同意します。しかし、それだけでは今回の依頼について納得いたしかねます」

「実力もあるだろうよ。目視できない魔法陣を無効化し、学園での火災を鎮めたのは誰か。其方も知っておろう」

「それは――」

「記憶はなくとも、火は苦手なはずなのにな」

王妃は片手を上げてセインの反論を制すると同時に、自分も律するように表情を改めた。

「騎士団の腐敗は其方もよく覚えているだろう。当時、騎士団ほどではないが研究室の上層部にも問題があった。そのため王宮は、欺瞞《ぎまん》や漏洩《ろうえい》の恐れがないカーラの両親に、様々な薬剤の調査分析を依頼していた。もちろん、極秘で。我はその事実を火事の件があってから初めて知った」

「な……！」

「たとえば来歴不明の毒、中毒性の高い薬……あの夫婦の分析や研究によって摘発がなされ、彼女が作った解毒剤は何人もの命を救った」

王妃の告白にセインは目を見開く。

「王宮から密命を請けていた者の家が燃え、研究者が死亡した。これがどういう意味か、分かるな？」

単なる事故死として片付けていいはずがないと、素人でも判断が付く。

内密にすべき事物を扱うゆえに、カーラの両親は詳しい身元や職務を周囲に隠していた。

そのため近隣の住民はただの学者一家とだけ認識し、王宮と繋がりを持っていたことさえ知らなかった。

郊外の家が一軒燃えただけで延焼もない。

警察にも単純な失火と判断されたそれが、新聞に載ったり王都貴族の話題に上がったりするわけもなく、王宮側が事件を把握したときにはすべてが遅かった。

「……では、人為的な火災の可能性が高いとお考えに……？」

「彼女の研究が都合の悪い者によって殺され、証拠隠滅に火を放たれたと考えるのが自然だろう」

重要な仕事を任せていたのに、前国王は護衛の一人も派遣していなかった。

シルヴィアがもっと早くに王太子妃としての力量を示して、機密を知ることができていたら、進言をして、家族四人の死を防ぐことができたかもしれない。

悔やんでも悔やみきれないと、手を握り込んだ王妃は唇を噛《か》む。

「カーラが記憶を失ったのは、不幸中の幸いでもあった。もし犯人の顔を覚えていたら、たとえ幼な子でも口封じをされただろうからな」

「……否定できません」

「ヴァルネも同じ考えだった。ゆえに、カーラにはなにも伝えていない。母親と我との関係も、亡くした家族の名前すらもだ」

四人が死亡した火災は単なる事故として処理されており、それを覆す証拠もない――いや、証拠を出せないため、改めての捜査はなされなかった。

疑いのまま時間だけが過ぎて今に至る。

「我があの娘を気にかけるのは罪滅ぼしでもあるが、亡くなった母親の代わりに見守っていたいという我儘《わがまま》だ。カーラが知ったら、余計なお世話だと言うだろうがな」

王妃でも親でもない、一人の人としての顔で王妃は自嘲気味に言う。

カーラには話してくれるなと釘を刺され、セインは複雑な思いで藍の宮殿を後にした。

4 × レイクベル

人通りのない王都の裏通り。朝日に照らされた薬局の古い木扉がチリンと音を立てて開き、店主であるカーラが出てきた。

薄いマントを羽織った旅装で、分かりやすく寝不足の顔をしたカーラは明るい光に目を細める。

いつか王城に向かった日のように、勝手に施錠を終えて手元にふわりと現れた鍵を鞄《かばん》にしまうと一歩踏み出して――

「眠いー……行きたくな……うわっ、セイン⁉」

「人の顔を見て後退《あとずさ》るとはご挨拶だな」

煤《すす》けた壁にセインが腕を組んで寄りかかっていて、カーラは文字通り飛び上がるほど驚いた。

激しく鼓動を打つ胸を押さえて、相変わらずの仏頂面を恨みがましく見上げる。

「びっくりするって！　気配もなかったし、朝から心臓に悪い……！」

「お前がぼんやりしているから気付かなかっただけだろう。薬師《くすし》なんだから、動悸《どうき》息切れの薬でも作って飲め」

「それは用法が違うし、お前って言うな。で、なにか用事？　今日はお店を休みにして出かけるところなんだけど」

「知っている」

「だよね」

何時に出るとは言わなかったが、ネティから集会があると知らされた時に居合わせたのだから、今日は不在になると知っていて当然だ。

いぶかしそうに眺めるカーラに、開き直ったようにセインは答える。

「だから来た」

「え？」

「魔女の集まりに行くんだろう、俺も行く」

「はあ？」

聞き間違えたのかと思ったが、今日のセインは騎士服を着ていない。

元から休日だったのか休みを取ったのかは分からないが、このために来たのは本当だろう。カーラはあんぐりと開いた口をどうにか動かす。

「なんで？」

「先読みの魔女に会わせろ」

――そういえば、昨日もそう言っていた。

そう言って、おかしな行動に出たのだ。

あの行動の意味は一晩経《た》ってもカーラにはよく分からない。見たことのない必死な顔をしていたのは確かだが。

「……先読みのっていうと、アンジェに？　どうして会いたいの」

「聞きたいことがある」

普段に輪をかけて面白くなさそうな顔である。楽しい用件であるはずがない。

（聞きたいことねえ）

どこか不穏な様子のセインに、カーラは渋い顔をする。

「集会の場所には魔女しか入れないし、第一、そんなふうに無意識で威嚇しまくりな人を快く紹介なんてできないよ」

「……事情は道中話す。それにカーラが納得できたらでいい。行くぞ」

「行くぞって、わたしの行き先知ってるの？」

「昨日、匠《たくみ》の魔女がレイクベルと言っていたな。そんな地名、聞いたことがないが」

「はー、よく覚えているねえ！　聞いたことがないのは当たり前だよ、魔女仲間で勝手に付けている呼び名だから――って、ちょっと、セイン？」

歩き出すセインをカーラが慌てて追う。

目的地がどこか知らないはずなのに、運がいいのか勘がいいのか、セインが進んでいるのはカーラが行こうとしている方向だ。

「待ってよ！　なんでセインに先導されなきゃいけないの」

「カーラが遅いからだ。このまま歩いて行くのか？」

「いや、乗り合い馬車に――」

「なら、こっちだな」

（ちょっと、わたしもなに素直に答えちゃってるの！）

薬作りのあれこれがようやく終わったのは明け方だった。睡眠不足で頭が回らないところに、不意打ちで現れたセインにペースを乱されている。

小走りで追いつくと横に並び、隣を見上げる。

セインがむすっとしているのはいつも通りだが、どこか緊張している雰囲気も感じられた。

（……わたし、眠くて目がおかしくなった？　くそまじめで傍若無人《ぼうじゃくぶじん》なセインだよ、緊張なんてしないってば）

「セイン、今日は休み？」

「休みにした」

「もしかして、わざわざ？」

「どうでもいいだろう」

「うわ、投げやりな返事」

仕事第一人間のセインが自主的に休みを取った。しかも流れからいって、予定していた休日ではないだろう。

それだけでなく、カーラが何時に家を出るのかなどセインが知るわけがないのだから、夜明け前からああして店前で待っていたのかもしれない。

「で、行き先はどこだ」

「……ノックリッジ」

「また地味に辺鄙《へんぴ》なところだな」

「なーんにもない小さい村を、セインが知ってることのほうが驚きだよ」

「国内の地名くらい常識だろうが」

「あー、そうですか」

どこに行くかも分からなかったはずなのに、セインはカーラと同じような旅装である。

ここまで徹底しているなら、断ったところで簡単には引き下がらないだろう。

ほぼ徹夜明けの状態で無駄な言い争いはしたくない。カーラは早々に説得を断念する。

(……とりあえず行きながら話を聞いて、それから考えよう)

「わたしが納得しなかったらアンジェには会わせないからね」

「それでいい」

あまりにも理不尽な理由だったら、取り次がなければいいだけだ。

表通りに出るとノックリッジ行きの馬車に乗り、並んで揺られることになった。

§

ノックリッジは王都の東南に位置する小さな村である。

距離はそこまで離れていないが直行できる街道がなく回り道をするため、王都からは馬車で三、四時間はかかる。

定期の乗り合い馬車は朝と夕方に一本ずつで、ほかに移動手段のないカーラは朝の馬車に乗る必要があった。

お世辞にも乗り心地がいいとは言えない馬車の座席に座るや、セインの話を聞く前にカーラは寝入ってしまった。

普段なら移動中に眠るなんて不用心なことはしないが、どうにも眠気に堪えられなかったのと、隣にセインがいたからである。

騎士服こそ着ていないが、腰に短剣を備え持ったセインの身のこなしは素人のそれではないと一目で分かる。

おかげで彼の同行者であるカーラはスリなどを警戒して気を張る必要がなく、すっかり安心して眠れた。勝手に押しかけてついてきたのだ、これくらい役に立ってもらおう。

「カーラ、着いたぞ。ノックリッジだ」

「んー……」

ゆさゆさと肩を揺すられて目を開く。

まあまあ混雑していたはずの馬車は、カーラたちのほかは老夫婦しかいなくなっていた。

「おはよー、セイン。ふあぁ、見張りご苦労ー」

「言ってろ」

集会が始まるのは月が昇ってからだ。ノックリッジの村から目的地のレイクベルまでは徒歩でしばらく行くので、セインの事情はその間に聞けばいいだろう。

「硬い座席とひどい揺れで、よくそこまで眠れるな。しかも一度も起きないとは」

「お貴族様と違って雑草育ちなもので」

「カーラが育てているのは雑草じゃなくて薬草だろう」

「あはは、上手いこと言われた」

呆《あき》れ顔で舌打ちをするセインの後について馬車を降りると、うん、と伸びをして辺りを見回す。

（しばらくぶりだけど、変わってないなあ）

時間は昼時。村に一軒の食堂は混雑しており、通りに出て買い物をする村人の姿もあるが、観光客が来るような村ではない。

よそ者のカーラとセインは、道行く住民からちらちらと眺められた。

「セイン、お昼ごはん持ってきた？　わたしはここで買っていくけど」

「携行食はあるが」

「そんなの持って、セインはどこの戦場に行くつもりだったの……」

騎士団の携行食は、小麦ふすまをぎゅっと焼き固めたカチコチのパンのようなものである。日持ちと腹持ちはするが、それだけの代物だ。

以前、ヴァルネの旧友である老騎士から分けてもらったことがあったが、口内の水分を全部奪われて思いっきり噎《む》せた。

それだけでなく、味というものがない。乾いた海綿を噛《か》んでいるような、なんともいえない不味《まず》さだった。よほどの非常時以外は食べたくないはず。

「携行食は取っておいたらいいと思う。あ、あそこの店のサンドイッチおいしいよ」

小さい村だが、馬車の停留所近くには店が数軒並んで、屋台も出ている。カーラとセインはそのうちの一軒で軽食を買うと、村の奥に向かって歩き出した。

「どのくらい歩くんだ?」

「んー、一時間ってとこかな」

さすがにここから先、レイクベルまではカーラが先導する。

相変わらず体力がなく歩調は遅めだが、石ばかりの王都と違って緑濃い田舎は息がしやすい。

きっと育成魔法を使う魔女だから、周囲に植物が多いと基礎体力が上がるのだろうと勝手に思っている。

しばらく歩いて周りに村人の影も見えなくなると、セインがぼそりと話し出した。

「……椅子で熟睡できると言ったのは、嘘《うそ》じゃないようだな」

揺れる乗合馬車でコトンと眠りに落ちたカーラを見て、薬局の二階の植物園状態の部屋での話を思い出したのだろう。

ベッドがないと言ってドン引きされたアレだ。

「椅子じゃなくてソファーだし。ようやく信じた?」

「魔女はよほど雑にできているらしい」

「主語が大きいなあ。わたしと違ってネティは寝るのが趣味だし、ベッドや毛布にすごい凝ってるから一緒にすると怒られるよ」

ネティの家に泊まると、大人が三人くらい余裕で横になれるほどの大きなベッド、しかも天蓋《てんがい》付きに寝かされる。自宅薬局との違いに引きつつも、どこでも眠れるカーラはお姫様待遇でも硬い椅子でもぐっすりなのだ。

そんなことを話すと、また呆れ顔をされた。説教をされそうな雰囲気を察して、カーラはさらりと話題を変える。

「レイクベルは、ノックリッジの村の奥にある森の中にあるんだ。でも、月が出ないと集会所までの道が開かないから、近くまで行って時間を潰《つぶ》すことにしている」

「分かった。しかし、乗ってきた馬車にはほかに魔女はいないようだったが」

「昨日のネティを見たでしょ。みんなは森まで箒《ほうき》で飛んで来るの」

「カーラは」

「聞かなくてよろしい」

(飛べるんだったら、わざわざ馬車を使わないってば!)

ふいっと顔を背ければ、言わんとすることは伝わったようだ。

カーラは箒で浮かぶことはできるが、長距離を飛ぶのは難しい。

ネティに誘われて二人乗りで飛んだ時は、箒から落ちないようにするだけで大量の魔力を使ってしまい、疲労が尋常ではなかった。消費魔力の効率化はここでも課題である。

飛行の魔法ができないことも仕方ないと自分では納得しているのに、セインが残念な子を見る目で眺めてくる。

「……セイン、うるさい」

「なにも言ってない」

「顔が言ってる」

わちゃわちゃと言い合いながら、ついでに道端に咲く見目のよい花を摘んだりしながらしばらく歩く。民家はとっくになく、草地ばかりが広がっている。

大きめの曲がり角を過ぎたところで突然、こんもりと茂った森が少し先に現れた。

「あの森か」

「そう。じゃ、ここで休憩にしようか。そこの坂を下ると小川があるから、手でも洗って休んだらいいよ」

「俺だけか？　カーラはどうするんだ」

「わたしはちょっと向こうに野暮用。一人で行ってくるから、先にお昼どうぞー」

「そう言って逃げる気じゃないだろうな」

「なにそれ、信用ないなあ。別に一緒に来てもいいけど、なにも面白いものはないよ」

「構わない」

「本当に来るの？　やっぱりつまんなかったって、後から文句言うのは禁止だからね！」

釘《くぎ》を刺したが、荒れた細道に入るカーラにセインは大人しく付いてくる。

（本当につまらないと思うけどなあ）

さくさくと草を踏んで歩くカーラの足取りは迷いがない。いくらもしないうちに、少し開けた広場のようなところに着いた。

通ってきた細道と同じく雑草に覆われているものの、この一帯だけ植物の状態が妙に良い。

広場の奥側には、半分崩れた井戸など明らかに人工物と思われるものもある。足を踏み入れると、木の果実を啄《ついば》みに来ていた鳥がカーラたちに驚いて飛んでいった。

「カーラ、ここは？」

「わたしが生まれた家が、ここにあったんだって」

焼け焦げたレンガ塀の瓦礫《がれき》の前まで進んで、セインを振り返る。

「火事で燃えちゃって、もうないけど」

「……！」

唐突な告白にセインは驚いたようだった。

「生き残ったのはわたしだけ。でも、小さかったからかなあ、なんにも覚えていないんだ。両親と兄と姉がいたって聞いているけどね。名前も顔も思い出せない」

セインの瑠璃紺《るりこん》の瞳に沈痛そうな色が乗ったように見えたが、カーラにとっては実感のない過去であり、悲壮感はない。

「孤児になるところだったけど、師匠に引き取られて……って、この話セインも誰かに聞いてるんじゃない？」

別に隠しているわけでもない。カーラがあの白い騎士服を苦手としていることを教えた誰かが、ついでに話しているはずだ。

それこそ、裏路地一帯の担当になったトビアスは情報を引き継いでいるようだった。

「多少は聞いたが……」

正直に答えてしまうセインにカーラはぷっと吹き出す。この馬鹿正直な騎士は、気まずい質問を誤魔化すということができないらしい。

「別に気にしなくていいよ。隠してないし、話す機会がなかっただけだし。そもそも覚えていないから、わたしから話せるようなこともないけどね」

「……そうか」

返事に困っているらしいセインをその場に置いて、カーラは家の土台だったと思われる大きな平石の前まで進む。

「ここに住んでいたってことだけは、師匠が教えてくれたんだ。なんの偶然かレイクベルの近くだから、こうして集会の時だけ会いに来ている」

鞄の中からワインの小瓶と焼き菓子を取り出すと、道すがらに摘んだ花と一緒に置く。

故人がなにが好きだったかも分からないから、手向《たむ》けはいつも適当だ。でもきっと、なにを供えても喜んでくれるような気もする。

「……わたしの一番古い記憶は、焼け跡になったここで、師匠が近衛騎士に食ってかかっているところ」

「近衛騎士？」

「火事の現場検証に来たらしいんだけど、なーんにも調べないでチラッとだけ見て『はい、失火』で終わり」

「……なんだそれは」

「ボロ屋が燃えただけだ、どうせ住んでた人間もたいしたことないって」

焦げた瓦礫《がれき》を汚らわしそうに蹴飛ばして、全部燃えたから面倒がないと嗤《わら》った。

煙でやられて視力の落ちた目では、憎たらしい騎士の顔は分からない。見えたのは嘘寒《うそさむ》いまでに清らかな純白の、近衛の制服だ。

「だから騎士は嫌い。近衛の白い制服はもっと嫌い」

背後で息を詰める気配がした。

「先に言っとくけど。自分のことじゃないのにセインが謝らないでよ」

「いや、だが――」

「制服を、変えてくれたでしょう」

今は外に出ても、白い騎士服を見かけることはない。セインの進言がカーラのためだけではないにしても、救われた部分があったのは事実だ。

「……ありがと」

なにか言いかけたセインの返事を拒むように、少しだけ目を瞑《つむ》る。

過去見の魔女ならこの地に残る家族の声を拾えるかもしれないが、カーラが耳を澄ましても聞こえるのは風の音だけだ。

「滅多に会いに来なくてごめんね。元気でやってるよ」

祈りの形に組む代わりに両手を前に出して魔法で光の粒を出す。

きらきらと瞬く金色の光を雨のように降らせると、触れた草花が嬉《うれ》しそうに揺れた。

――嬉しいときやしんどいときに思い出すのは、師匠であるヴァルネの顔ばかり。

普段は心に浮かぶことさえ稀《まれ》な「家族」はカーラの中で微妙な存在だ。伝聞の情報だけの過去は、無いに等しい。

（……でも、失ってはいないんだよね）

もうずっと霞《かすみ》がかっていて容易に手が届かないのに、ふとしたときに記憶の淡い輪郭を感じることがある。

捕まえようとすると消えていく様は、月の周りに薄く輝く暈《かさ》のようだ。

その度に胸苦しさを伴うのは、治療に時間がかかった火傷のせいか、その前の暮らしが幸せだったせいか、カーラには分からない。

願うのは、家族だった人たちがリサンドラの御許《みもと》で安らいでくれていることだけだ。

最後の光の粒が消え、周囲の空気が元に戻る。

ワインの瓶を傾けて地面に吸わせ、焼き菓子を細かく砕いて撒《ま》く。カーラたちが去れば、戻ってきた鳥が啄むだろう。

パンパンと手を払い菓子のかけらを落とすと、カーラは満足した表情で振り返る。

「お待たせー。戻ろっか、つまんなかったでしょ」

「いや……ついてきて悪かった」

神妙な顔をしたセインが、気まずそうに口を開く。

「別に？　ただまあ、人が死んだ場所だからね。セインが嫌じゃなければいいよ」

「騎士の仕事でも、誰かが亡くなる場に立ち会うことは少なくない」

「あ、そっか。うちの国の近衛って、王宮で陛下たちの護衛ばっかりしているんじゃないもんねえ」

セインやトビアスを見ていると王族の護衛や王宮警備より、城下の警察や一般騎士を管理監督する任のほうが重そうだ。最近はないようだが、国境で他国と小競り合いが起こった時も援軍として真っ先に向かうと聞く。

前の国王は近隣国に向けての体裁や体面を重視するタイプだったが、今代の王と王妃は内政に注力している。

おかげで既得権益を持つ一部の者だけが異様に優遇されることは減り、一般市民ばかりが割を食うことも減ってきたが、今度は貴族側からの突き上げが厳しいらしい。

（ま、あの陛下と王妃様なら、逆に手玉に取ってそうだけどね）

王宮の謁見室《えっけん》で会った二人を思い出す。

その後のあれこれで威光はだいぶ霞《かす》んだものの、腹黒っぽい陛下は王妃以外には隙のないやり手に違いない。

次代であるアベルとパトリシアも優秀だと聞くし、性格がねじ曲がっていないからきっと下々にとって悪いようにはならないと思う。

「あ、そうだ」

「カーラ？」

敷地を出る直前で足を止め、振り返る。

隣のセインを指差し、誰もいない空間に向かってカーラはにやりと笑う。

「この人ねえ、最近知り合った変な近衛騎士。わたしにちょいちょい失礼だから、お城で夜勤している時にでも脅かしてやって」

「おい」

近衛の勤務地である王城は大変歴史ある建物なので、おどろおどろしい、いわく付きの場所も数多くある。

（そこを通りかかる度に、ちょっとくらい薄気味の悪い思いをすればいいんだから！）

セインが起居している騎士団の宿舎も古い。馴染《なじ》みの老騎士から、いくつか怪談話を聞いたこともあった。

「なあに、幽霊が怖い？　騎士様が、まさかねえ」

「そんなわけあるか、ふざけるな」

ふふんと揶揄《からか》えばムスッとして睨《にら》んでくる。けれどそれ以上の反論はないようだ。

「行こっか」

「……ああ」

軽口を叩《たた》いて足早に行くカーラの後ろで、セインは焼け跡に向かって一礼をしていた。

§

戻ると、小川の傍《そば》にちょうどいい場所を見つけて座り込んだ。

遅くなった昼食に、屋台で買ったサンドイッチを頬張る。鶏肉は焼きすぎたようで少し硬かったが、一緒に挟まれたチーズともよく合っていて味はいい。

もぐもぐと咀嚼《そしゃく》しながら、ようやく本題に入る。

「で、セインがアンジェに会いたいのはどうして？」

「俺が用があるのは、そのアンジェとかいう魔女ではなくて、あくまで『先読みの魔女』だ」

「うん？」

「先読みの魔女には一度だけ会ったことがあるが、名前は知らないから本人かどうかは分からない」

「待って、なにそれ」

飄々《ひょうひょう》と述べるセインの言葉をカーラは聞き返す。

すっかりアンジェに用があると思っていたのだが、セインが言う「先読みの魔女」がアンジェ本人ではない可能性もここにきて出てきたとは。

「俺は、十五年前に先読みの魔女と名乗っていた魔女に聞きたいことがある」

「十五年前？　そんなに前の、しかも本人かどうか分からない人に会うために、セインは朝から店の前で待ってたの？」

「悪いか」

「いや、悪いとか良いとかじゃなくて――」

「仕方ないだろう、これまで手がかりがなかったんだ」

「えぇー」

そこまで強い思いなら、やはりカーラがどうあがいてもセインが付いてくるのは避けられなかっただろう。

呆れるよりも納得してしまったが、この頑固な騎士は適当という言葉を覚えたほうがいいとカーラはしみじみ思う。

「……でもまあ、なんだかセインだなって感じだし、まあ、いいや」

「なんだそれは」

「いいから。それにしても十五年前かぁ。わたしが師匠に引き取られた時期だよね」

カーラは顎に手を当てて軽く首を傾《かし》げる。

「ほら、わたし記憶がないって言ったでしょ。火事の影響か分かんないけど、しばらく言葉も出なかったし、魔女仲間の顔と名前を覚えるのに数年かかったんだ。で、アンジェが昔『先読みの魔女』って呼ばれていたのは確かだけど、それがいつ頃までの話なのかは知らないんだ」

カーラの答えにセインは眉を寄せた。

「顔を覚えるのが苦手なのは、そのせいか」

「いや、今は単純に興味がないだけ。薬のことならいくらでも記憶できるし話せる」

同僚のトビアスを覚えていなかった事を指摘しているのだと思うが、今のカーラは脳のリソースを大事なことに割り振っているだけだ。

忘れっぽいとか記憶力が悪いとかではなく、効率化の結果である。

暇に飽かせて読んだ騎士憲章をソラで言えるくらいだ。記憶力に損傷はない。だというのに、セインは信用なさそうにカーラを眺める。

「いい加減な奴だな」

「なんでも覚えすぎて息苦しそうなセインは、わたしを見習ったらいいよ」

「いらん」

アンジェが先読みの魔女である確証はないが、先読みの魔女と呼ばれた過去があるのはアンジェだけだ。きっとセインが探している本人だと思う。

カーラが言い渋るのは昔、魔女仲間がハウエル男爵のことを話していた時のことがあるからだ。

(ハウエル男爵家ってセインの実家だよね)

最後の新人であるカーラは、ネティ以外の魔女仲間からずっと子供認定されている。そのため、特にゴシップ系の噂《うわさ》が出ると耳を塞がれていたから、詳しい内容は分からない。

(けれど、決していい雰囲気じゃなかった)

普段は陽気な魔女たちだけでなく、滅多に動じないヴァルネですら厳しい顔をして深刻そうにしていた。

事情がはっきりしないし当人でもない以上、憶測で勝手なことは言えない。

しかも先読みの魔女に対するセインの態度は不穏で、因縁がありそうだからなおのことだ。

「魔女が名乗りを変えることはよくあるのか？」

「よくあるわけではないけど、一生固定ってわけでもないから。たとえば今は『薬師の魔女』のわたしが、なにかのきっかけで治癒の魔法の力が大きくなったら『癒やしの魔女』って呼ばれるようになるだろうし」

「はっ、癒やしってガラか」

「あらー。これほど慈悲深くなかったら、とっくにセインのことなんか呪いまくってますけどー」

「その棒読みを止《や》めろ」

「心優しい薬師の魔女のカーラさんで良かったですねえ」

半笑いで揶揄うと舌打ちが返ってくる。先ほどの、火事の跡地であった微妙な神妙さもひとまず消えたみたいで気が軽くなる。

ふと見ると、カーラの手元のサンドイッチはまだ半分以上残っているが、セインはとっくに食べ終わっていた。一口が大きいのだろう。

「足りなかったんじゃないの、お菓子でも食べる？　クッキーならあるよ」

「……もしかして、さっきのか？」

ごそごそと鞄からハーブ入りのクッキーを出すと、さきほど供えたものと同じだと気付かれた。

「集会は食べ物持ち寄りだから、ついでにね。ローズマリーは血行促進と邪気避《よ》け、アニスシードは胃もたれ予防。しかもわたしの育成魔法で効果抜群の特別仕様」

「カーラの手作り……食べても大丈夫なのか?」

「ほんっと、失礼だよね? これはネティも好きなんだから!」

人をなんだと思っているのか。

確かに料理は滅多にしないし菓子だって頻繁に焼くわけじゃないが、家事は一通りできるのだ。

カーラはふいっと横を向く。

「残念ながらコーヒーには合わなくて紅茶向き。砂糖を減らして作ったからワインにも合うんだ、おすすめは赤」

「ここには水しかないけどな」

「文句を言わない」

いらないと断られるかと思いきや、セインはクッキーに手を伸ばす。表情は変わらないが、二枚目三枚目も普通に取っていった。

(……へえ)

もう少し大きめに焼けばよかったかもしれない。思わず目を丸くして見ていたら、セインがふと顔を上げる。

「これは薬局で売らないのか?」

(え、そんなに気に入った?)

我ながら単純だが、悪い気はしない。

「売れそう? でもうちはお菓子屋さんじゃないしなあ」

「今さらだろう」

「んぐっ」

（当たっているだけに言い返せなくて悔しい！）

ただでさえ消臭剤やハンドクリームなどでお茶を濁しまくっている薬局だ。反論できないカーラに、セインは皮肉っぽい笑みを口の端に浮かべた。

だが、いくら売り上げが厳しくとも、薬以外のものをこれ以上増やすのは薬師としてのプライドに関わる。

「……食べ物はやめておく。それで、セインは先読みの魔女に会ってどうしたいの。それを聞かないと、たとえアンジェがその人だったとしても、話を通すのも無理だからね」

ネティのような親友ではないが、魔女仲間であるアンジェを売るようなことはしたくない。

カーラがまっすぐセインを見つめると、珍しく視線を外された。長く息を吐いたセインが、自分の気持ちを抑えるように淡々と話し始める。

「……十五年ほど前、俺の父親が『先読みの魔女』の元に通い始めた」

「うん」

言いにくそうに、それでも声はしっかりとセインは当時を振り返る。

「家は男爵位を賜っていたが、俺が覚えている限り、いつだって生活に余裕はなかった。その頃、領地は不作が続いていて、天候の先読みをしてもらったのがきっかけだろうと兄は言っていた」

「ああ、それはありがちだね」

先読みと言っても、すべてを見通せるわけではないし、暗示的な示唆しかできない場合もある。

それでも、藁《わら》をも摑《つか》む気持ちで縋《すが》る人も多い。天気や農作物の収穫量などは、まさにそういった例だ。

先読みは当たり、男爵家は一旦持ち直した。だがその結果、父男爵は先読みの魔女に心酔するようになったそうだ。

「多くない手持ちの金が尽きると、売れるものは手当たり次第に売って貢ぐようになった。先読みもしてもらったようだが、当たっていたかどうかは知らん。父親の目には、俺たち家族など映らなくなっていたからな」

元から少なかった会話もすっかりなくなったと、自嘲を含ませてセインは呟《つぶや》く。

あっという間に魔女を頼る前より暮らし向きは厳しくなり、滅多に帰宅しなくなった父親は、ほどなくして物言わぬ遺体になって戻ってきた。

屋敷だけでなく、来期収穫分の領地収入までを抵当に入れていたと知ったのは、その後だ。

「債権者と一緒にいた先読みの魔女は、『騙《だま》された馬鹿な奴』と吐き捨てた」

「……そう」

「俺は、真意を聞きたい」

父男爵の後を追うように夫人である母が死んだこと、遺された二人の子が路頭に迷ったこと。

領民たちの暮らしを奪ってまで先読みの魔女が得たものは何なのか。

それを知りたいのだと言って、セインは色が変わるほどに手を握り込む。

(そういう事情だったの)

年端もいかないうちに家がそんなことになったら、苦労どころの話ではない。

貴族だからぬくぬくと育ってきたに違いないというのはカーラの思い込みだった。

(……わたしは家族と記憶をなくしたけれど、師匠が引き取ってくれたおかげで困ることはなかった)

贅沢《ぜいたく》はできなかったがしたいとも思わなかったし、今日の食事や身の安全を心配する必要もなかった。

ヴァルネが亡くなってからは薬局の売り上げは激減したが、住む家も仕事もある。

過ごしてきた境遇は比べるものではないし、今も騎士は苦手だ。だが、先入観にとらわれて視野が狭かったことは素直に認めた。

それに昨日、リリスとトビアスが子供時代の話で平和に盛り上がっているときに見せた、あの表情の理由もなんとなく分かった。

記憶のないカーラとは違って、セインには比べる過去が――穏やかではない子供時代があったのだ。

「事情を知った王太子夫妻……今の国王夫妻が援助をしてくれた。あの方々のおかげで俺は騎士団に入り、兄は家督を継げた」

「ああ、それで。仕事第一なのは、ただのくそ真面目じゃなかったんだ」

「言い方」

「ごめん」

窮状から救ってくれた相手なら、恩を感じて当然だ。

セインの王族に対する信頼とか敬意とかはここから来ているのだろうし、近衛になっていなくても変わらないだろう。

王家が一時的に仮所轄としたハウエル男爵領は、学園を卒業した後に他領でも学んだセインの兄が戻って領主となった。今は妻子にも恵まれて、派手さはないが堅実な領地経営をしているという。

「お兄さんも、先読みの魔女を探して話を聞きたいって言っているの?」

「いや。兄は父に関して昔から消極的で、今さら触れたくないと思っているようだ」

「それもひとつの考えだよね」

けれど、弟のセインは違うのだろう。

(何事もなく済ます……って言うのは、難しそうだなあ)

真面目を通り越して、かたくなと言える横顔を覗《のぞ》き見てカーラはそっと息を吐いた。

§

言いにくいことを話し終えたセインとカーラの間に、沈黙が降りた。

(……久し振りにこのことを話したな)

トビアスはセインの過去のあらましを知ってはいるが、付き合いの長い彼にも、こうして順序立てて詳しく聞かせたことはない。

元から事情を説明するつもりではいたが、思いのほか話しやすかったのは、先にカーラの過去を聞いたせいかもしれない。

カーラは途中で余計な質問を挟んでこず、おかげで危惧《きぐ》したような事態――取り乱すとか、支離滅裂になるとか――はなく済んで、セインは詰めていた息を吐く。

「セインが先読みの魔女に会ったのは、十五年前に一度だけって言ったね。外見の特徴はなにか覚えている？」

「髪は白金か、それに近い薄い色だった」

債権者と連れだって魔女が男爵家を訪れたのは葬儀の晩だった。困窮した男爵家では照明に使うロウソクも十分ではなかったため、瞳の色や表情まではよく見えなかった。

魔女のローブに浮かぶ白い肌。扉の向こう、彼女の背後に浮かんでいた月のように温度のない色をした長い髪と、嘲るような声音は忘れられない。

「ふーん……アンジェの髪は白金だよ」

「それなら……！」

「いや、落ち着いて。髪なんて簡単に染められるでしょう」

隣に座っていたカーラは食べ残したサンドイッチを紙に包み直すと、半身を捻《ひね》ってセインのほうを向く。

どうでもいいが、この魔女は食が細い。以前、公爵邸で豪勢な晩餐《ばんさん》に招かれたときも、途中からは手が止まっていた。

植物園のような部屋の有様といい、生活全般に興味がないのだろう。

「ひとまず、セインの事情は分かった。けどやっぱり、アンジェに取り次ぐかどうかは約束できない」

「どうしてだ」

「だって、アンジェがその『先読みの魔女』本人かどうか、今の段階では分からないんだよね。ハウエル男爵なんて知らないって言われたらおしまいだし、本当に別人の可能性もある。それに、もしアンジェが探している魔女本人だったら、セインは会って話すだけで満足する？」

「それは……」

正直、自分でも分からない。

先読みの魔女は、セインにとって存在自体が許せない相手だ。もし会ったら、問い詰め非難して、恨み言をぶつけたいとずっと思っていた。

けれど、カーラに会ってからはその気持ちに迷いが生じた。

魔女が憎いのは変わらない。しかし、単純にそれだけではない感情が混じっていることに気付いてしまった。

真っ黒い心に落とされた一滴の水はなぜか墨色に染まらず、静かに波紋を広げている。

（……単純に憎めた頃のほうがラクだった）

そんな迷いを見透かすように、カーラは浅緑の瞳をセインのそれと合わせる。

「悪いけど。魔女と、そうでない人のどちらかを選べって言われたら、わたしは仲の良い悪いに関係なく魔女の味方をするって決めているんだ。セインにとっての王妃様や陛下と、わたしにとっての魔女の皆は、同じだからね」

「同じなわけないだろう」

「抱く思いは一緒だってこと」

セインが陛下たちに忠義を尽くしたいと思うように、魔女仲間を家族のように思っているのだと、カーラは淡々と話す。

「騎士もそうでしょ。たとえ馴《な》れ合わない相手でも、仲間は売らないし裏切りたくない」

「……」

そうかもしれないと、セインも反論を呑《の》む。

自分だって、たとえこちらに非があると感じられたとしても、そう易々《やすやす》と仲間を引き渡したりはできないだろう。

特に今カーラに頼んでいるのは、本人とは言い切れない案件だ。

「でもね、アンジェに訊《き》くのはきいてみるよ。その結果がどうでも、それで納得するってセインが約束してくれるなら、だけど。そうでなければこのことについては一切触れない」

「それでいい」

「あら即答」

カーラは意外そうにぱちりと目を見開き、こくりと首を傾げた。

「それで決まりね。じゃあ、ここで待っていてもアンジェに会えるとは限らないけど、このあとはどうする？　今、村に戻れば夕方の馬車で王都に帰れるよ」

「レイクベルとかいう場所の近くまでは、俺も行けるだろう。そこで待つ」

王妃の依頼がなければ、セインが積極的に魔女に関わることはない。口には出さなかったが、今が先読みの魔女に関しては最後の機会だという直感があった。

なにを差し置いても解決しないとならない。

そのために、トビアスだけでなく騎士団長にも驚かれながら初めての休暇申請まで出してきたのだ。

あくまで意志を曲げないセインに、カーラは呆れたように腕を組む。

「……待つのは構わないけど、夜中は危なくないかなあ。この辺、クマは出ないけどイノシシとかは普通にいるよ。あ、村に戻れば宿はないけど食堂があるし、頼めばそのまま泊めてくれると思う。待つならそっちのほうがいいかも」

「野営は慣れている。演習でもよくやる」

「なんで貴族出身者ばっかりの近衛騎士が野営慣れしてるの！　あははっ、うちの国やっぱりおかしい！」

一瞬きょとんと目を丸くした後、カーラはそう言って笑い出す。

諸外国に比べ、近衛の任務として毛色が変わっているのは事実だろう。

しかし以前の腐りまくった騎士団を知っているセインにとっては、現体制のほうがよほど健全に感じる。

「分かった、結局セインはギリギリまで付いてくるんだね。いいよ。じゃあ、月が出るまでまだ時間あるから、それまで好きにしていて」

「カーラはどうするんだ」

「わたしは寝る。たくさん歩いたから疲れた」

「は？」

「休んで体力回復しておかないと、お姉様方に付き合えない。あの人たち無駄に元気なんだもん」

「おい、カーラ――」

言うだけ言うと、カーラは返事もせずぱたりと草の上に横たわる。目を閉じたと思ったら、すぐに寝息が聞こえてきた。

「……ありえない」

人に向かってクマだイノシシだと脅しておきながら、この警戒感のなさ。しかも一応は女性のはずなのに無防備なことこの上ない。

（いや、それでも魔女だ。防御の魔法くらいは用意しているはず）

城の魔術師が使う防御の魔術は、その硬度によって視認性に変化が表れる。表情などがハッキリ見えるくらいの防御膜は小石程度までを、姿が霞むほどの防御膜なら剣の攻撃を防げる。

しかし、カーラは魔術師ではなく魔女だ。

詠唱も魔法陣も必要としない魔法でなら、透明な防御膜も張れる……かもしれない。

（魔法をかけている様子はなかったが）

セインが来なければ、カーラは一人での遠出だった。身支度の一環として外出前に済ませている可能性はある。

広げた手をカーラの上にかざしてみるが、反発などの感触はない。

(……危険を察知しないと、反応しないのか？)

そういえば、馬車でカーラを起こした時も普通に触れられた。だがまさか、なんの備えもしていないはずはないだろう。

少し逡巡《しゅんじゅん》して、セインは短剣を鞘《さや》から抜くと勢いよくカーラへ剣を振り下ろす。

――寸前で止まった剣は、何事もなく太陽の光を受けて輝いている。

まったく、なんの抵抗も感じられなかった。

「……なんなんだ、こいつは」

ぎゅっと眉根を寄せて、セインは長いため息を吐《つ》く。

帯剣のセインを案じるくせに、体力も腕力もないカーラ自身には防御魔法すらかけていない。

どうしてこう自分を度外視するのか、理解に苦しむ。

(学園でもそうだった)

殺気を持って剣を向けるアベルに怯《おび》えず、リリスの操る攻撃性の高い魔法陣にも臆することがなかった。

むしろ率先して距離を詰めた場面さえあったように思う。

とはいえ、騎士や軍人といった者の中に少なからずいる、危険な刺激を求める嗜好《しこう》のような負の積極性はカーラには見られない。

感じるのは、自身に対する執着のなさだ。

（……他人のことばかりだな）

パトリシアに対しても、薬の高額転売をしていた商人のモーガンに対しても。

会えば挨拶のように文句を言い合うセインに対してさえ、自分よりも優先すべき対象と考えている節がある。

それが薬師の魔女としてのあるべき姿なのかもしれない。

けれども、セインにとってはどうにも不愉快だ。

「村に行けって、この状態で行けるわけがないだろうが。おい、カーラ」

軽く揺すっても煩わしそうに顔を顰《しか》めるだけで、一向に起きる気配がない。

丁度良くマントが敷布のようになっているから体が冷えはしないだろうが、金色の細い髪には早くも草が絡んでいる。

――仕方のない奴。

その言葉が一番しっくりくる。

セインは息を吐くと、手元のクッキーをひとつかじった。

カーラが起きたのは、風が冷たくなった夕方だった。

「はぁー、よく寝た……外だったせいかな」

薬局の植物だらけの部屋も屋外《ここ》と環境的には同じようなものだろうが、この警戒心のなさには開いた口が塞がらない。

そんなセインの気も知らず、熟睡して寝不足も一気に解消したとカーラは機嫌が良い。

「あれー？　セイン、もしかしてずっとここにいた？」

「……悪いか」

「悪くはないけど、暇だったでしょう」

「暇にさせた本人がそれを言うか」

「あはは、それもそうだね」

うん、と腕を高く上げて伸びをして、カーラは髪に絡まった草も気にせず立ち上がる。

軽く裾を払っただけで「じゃあ行こっか」と歩き始めて、どこまでもマイペースなのはさすが魔女と言うべきか。

これが騎士団の新人だったら、問答無用で規律と団体行動を叩き込まれるはずだ。

「お前、魔女でよかったな」

「なんのことだか分からないけど、とりあえずお前って呼ぶな」

「……絡まっているぞ」

「わっ、な、なに？」

なぜ気付かないのか疑問なほど大きな草を一本髪から引き抜くと、大げさに驚かれた。

パチパチと瞬きを繰り返す瞳がセインの手にある草を認め、ああ、と納得する。

「こういうのが、ほかの魔女たちからの子供扱いに繋《つな》がるんじゃないか？　まあ、妥当だな」

「し、失礼なんだから！」

「新人ができても、敬われる先輩にはなれなさそうだ」

「んなっ、感じ悪ーい！　あのねえ、四角四面なセインが先輩になるよりも、わたしが先輩のほうが絶対に幸せだって後輩ちゃんは言うはずだよ！」

「はっ、どうだか」

落ち着きなく騒ぎながら、いよいよレイクベルの森へ入る。

放置されている森らしく絡むように木立が続いている。もとは道だったらしいところも下草が腰ほどまで茂っていて、歩くのはかなり大変そうだ。

まだかろうじて日はあるが、うっそうとした森の中はすでに暗い。カーラは鞄の中から取りだしたランタンを灯《とも》してセインに持たせると、地面に向かって手をかざす。

「明かりはセインにまかせる」

「構わないが……」

ふっとカーラの手から魔力が出ると、それに触れた下草が割れて道ができた。

驚くセインを得意そうにちらりと眺めて歩き出す。分かれた草はセインの後ろでまた閉じ、来た道はすぐに元通りになった。

「進む間、ずっとそうするのか？」

「んー、まあね」

かなり魔力を消耗しそうだが、実際にはさほどでもないとカーラは言う。

「さっき寝たからそこそこ回復しているし。それに、草に避けてもらっているだけだから。植物相手の魔法は別の魔法よりはずっとラク」

「別の魔法？」

「なんかねえ、わたしの魔法って効率が悪いんだよね。同じ魔法をかけるにしても、ほかの魔女よりずっとたくさんの魔力を使うみたい」

「だから変身魔法も時間制限があるのか」

「ああ、あれは効率以前の問題で、ほんっとーに消費魔力がえげつない。魔道具でどうにかなんないかネティにも相談しているけど、難しいんだよなあ」

疲れるから依頼がないほうが気が楽だとうそぶくカーラだが、変身魔法を使った副業が本業の収入を上回っていることは明らかだ。

むしろ、そちらに専念したほうがよほど儲《もう》かるだろう。

「そもそもねえ、変身魔法の離婚代行は好きでしてるんじゃないの。そりゃあ、最初はわたしから言い出したことだけど、頭痛とかの身体症状に対する緩和策のひとつだったわけで、その後は話を聞いたって人が来て、それで仕方なく――」

「引き受けているなら同じことだろう」

「そうかもしれないけど！」

「嫌なら断ればいい」

「……そういうわけにもいかないでしょうよ……」

カーラは不満そうに首を振るが、どうして断れないのかセインには分からない。報酬が貰《もら》えているなら依頼者は満足しているのだから、結果的によりを戻してしまっている現状も問題ないだろうに。

ことあるごとにセインの融通の利かなさを揶揄ってくるが、カーラ自身がいらないところで生真面目なことには気付いていないらしい。

（……本当に変な奴）

「もう、その話はいいから！　そろそろ着くよ、ほら」

「……！」

言うが早いか、目の前がぱっと開ける。

木立も下草も途切れたそこには、青々とした短い草に囲まれた水場があった。

湧き水でできているようだが、池や泉と呼ぶには大きい。まさか木が生い茂った森の中にこんな場所があるとは思わず、セインは驚いた。

「沼……いや、湖か？」

「小さい湖なんだって。沼よりずっと深いから泳ぐのはおすすめしない」

「夏でもないのに泳ぐわけがない」

「またそういう返事をする ー」

湖にしては小さいが、それでも反対の岸に舟で着くにはだいぶ長くオールを動かす必要があるだろう。

そのまま、カーラは水際まで進むと空を見る。

「ちょうど時間だね」

カーラの声に釣られて視線を上げると、木々の切れ間から満月が顔を出し始めていた。

昇るに従い、明るい月の光が一本の道のように水面を照らし出す。

「じゃあね、セイン。そのランタンは魔法灯だから朝まで消えることはないけど、まあ、適当に時間を潰してどうぞー」

「レイクベルはここじゃないのか？」

「この向こうだよ。魔女しか入れないって言ったでしょ」

「いや、湖しかない――」

セインの言葉を遮るように、カーラは空に向かって両手を伸ばす。

と、月の光がカーラの手のひらに集まり、魔力と交じり合い、細い糸のようになったそれが水面に小舟の形を作った。

「な……!?」

「あ、ネティたちも来た」

月光と魔力で編んだ舟に足を預けながらのカーラの声に釣られて見上げると、森の四方から箒に乗った魔女が集まってくる。

彼女たちからもまた、月光色の魔力が伸びている――その先は、湖の中心だ。

どこからか鈴の音が響いてくる。

はっとして辺りを見回すセインにカーラは軽く笑って、音は湖からだと言う。

「だから鈴の湖《レイクベル》っていうんだよ」

振り向くカーラの表情は、逆光になってよく見えない。歌うような声だけが耳に届く。

「みんなは空から、わたしは舟で。溺れても助けてあげられないから、セインはくれぐれも落ちないように」

「……余計な心配だ」

「あはは、やっぱりかわいくなーい」

ふいっと前を向いたカーラの乗る小舟が、水面を照らす月の道を滑るように進む。虹のたもとのように空からの魔力が集まる湖の中心は、明るい光の柱が出来上がっていた。

次々と、空から魔女がその中に入っていく。

（……魔女の魔法で開く、特別な空間か）

知らず、セインはこの光景に見蕩《みと》れていた。

やがて光と重なるようにカーラも柱に吸い込まれると鈴の音も消え、あたりには満月と星、そしてセインが持つ魔法灯の明かりだけが残った。

5 × 交換条件

朝日が森の木々を照らす中、セインが大木の幹に寄りかかって目を閉じている。

その肩をポンと叩《たた》――こうとしたカーラの手が逆に摑《つか》まれた。

「ひゃっ⁉　起きてた！」

「……ようやく終わったか」

驚いてそのまま座り込んだカーラを見るセインの表情は、明らかにとげとげしい。

待つと言ったのは本人だが、やはり森の中で一晩という待機時間は長かったのだろう。

一緒に戻ってきた匠《たくみ》の魔女のネティにもちらりと視線を走らせると、セインはむっすりと口を引き結んだ。

「うわあ、爽やかな朝日に似合わない仏頂面。もしかして、イノシシにでも追いかけられた？」

「俺の顔は放っとけ。イノシシどころかリスすら来なかった。おま……カーラだって顔色悪いぞ、人のこと言えるか」

「おっ、普段より口数が多い。会話に飢えてた？　よっぽど暇だったんだねえ」

「うるさい」

いつも通りに話すカーラだが、セインの指摘したとおり土気色の顔をしているだけでなく、げっ

そりと頬がこけている。

どうしたのかと問う前に「あのね」と具合が悪そうな口から、驚きの言葉が出てきた。

「アンジェねえ、本人だって」

「は？」

「だから、ハウエル男爵……セインのお父さん？　に先読みを頼まれたことがあるって言ってた」

「……！」

身を乗り出したセインに、落ち着いて、とカーラは手を前に出す。

「でもねえ、ちらっと聞いただけだけど、セインの話とは行き違いがあるみたいだったよ」

「なんだと？　先読みの魔女に騙《だま》されて人が死んだことのどこに行き違う要素が――っ、モゴッ」

「黙って話を聞くー」

いきり立つセインをカーラは魔法でシュルリと伸ばしたそのへんの草で拘束し、ついでに大きめの葉で口元も覆う。

「はあぁ……これっぽっちの魔法を使っただけで死にそう……」

制御しきれなかった魔力を指先から漏らしながら、カーラは肩で息をする。

体調が最悪のため、弱い魔法でもかなり疲弊するのだ。

「なんでこんな朝から元気なのよー、無駄に体力のある騎士はこれだから……余計な力を使わせないで、わたし今すっごく気持ち悪いんだってば」

「カーラ、諦めて胃薬飲みなよ」

「ううぅ、仕方ないか……今日こそは食べないつもりだったのに、あんなに山盛り……」

「あははっ、全然断りきれてなかったよ！　可哀想《かわいそう》ねえ。ネティお姉さんが、いい子いい子してあげよう」

「ネティまで子供扱いしないでよぅ」

「……おい」

拘束は緩くなかったはずだが、セインは持っていた短剣でさっくりと草と蔓《つる》を切り落として自由の身になっていた。

「もう切ったの？　さすが腐っても騎士、縛られっぱなしだったアベル殿下とは反応が違う」

「殿下は実戦経験がないからこういうのは――って、そうじゃないだろ！」

「あー、はいはい。セイン、飲み水持ってる？」

「水はあるが……」

調子を乱されたセインが差し出す水筒を受け取ると、カーラは鞄《かばん》から薬包を取り出した。

粉状になったそれと水を口に含むと、青い顔をさらに青くして息も絶え絶えに蹲《うずくま》る。

（んあー、不味《まず》い！　ものすっごく不味い！　師匠、いつぞやはこんなものを飲ませてごめんなさいぃぃ！）

カーラが初めてこの胃薬を作ったとき、師匠のヴァルネが自ら飲んで効果を確かめてくれた。

その際、「三日三晩履いた長靴を口に突っ込まれた味」と言われたが、本当にそのとおりだ。

カーラが薬を作るたびに、ヴァルネは文句を言いながら試してくれた。律儀な師匠に心で謝罪を繰り返しつつ、味が悪すぎる薬が効くのを待つ。

（吐き気をもよおす胃腸薬ってどうなの……ああ、泣きたい）

いっそ効かなければ未練もなくすっぱり捨てられたかもしれないが、カーラの作る薬はどれも効果だけは抜群なのだ。見事な宝の持ち腐れである。

（さっさと効かせて、はやくこの苦痛から逃れたい……！）

地面に丸く蹲りながら体内魔力を腹部に集めて、薬効を働かせるために全力をつぎ込む。

これをすると薬の効果が格段に上がる。その代わりに抵抗力や防御力的な機能が激しく下がり、外からの衝撃に対して完全に無力になってしまう。

猫に踏まれただけでも青アザになるほどの弱体ぶりだが、傍《そば》に万事分かっているネティがいるので心配なく自分の治癒に打ち込んだ。

「お、おい、カーラ。まさか……」

「あー触らないであげて。毒じゃなくてちゃんと薬だから大丈夫、味が酷すぎて悶《もだ》えているだけ」

地面に丸まって苦しむカーラを見て焦るセインにネティは笑って説明する。

「カーラの薬は副作用《それ》さえなければ、王都の一等地に店が構えられるくらいなのにねえ。あ、騎士君も試してみる？」

「断る」

「即答だ！　まあ、私も絶対飲みたくないけどね！」

カラカラと笑うネティに、カーラが薄目を開けて抗議する。

「うっさい……わたしはあの路地裏の店が好きなの。億万長者になったって、引っ越しなんてしないんだから」

「お、復活した。さすが早いね」

「魔力を上乗せしたから。はあぁ、しんどかったー！　あ、セイン、水ありがと」

「いや……」

額に滲《にじ》んだ脂汗を手の甲でぬぐうと、起き上がったカーラは深呼吸を繰り返す。

残りの水も全部飲み干した水筒を戻すとセインは眉を寄せたが、カラにしたことに文句は言われなかった。

「ん。もう大丈夫そうだね。じゃあ、私は先に戻って準備しておくよ」

「お願いね、ネティ」

「しっかり調整しておくから任せて！」

朗らかに請け合ったネティは、サッと箒《ほうき》に腰掛けるとぐんと勢いよく上昇する。

魔女が飛び去るところを初めて間近で見たのだろう。驚きを隠さずに空を仰ぐセインを横目に、カーラは「また後で」と大きく手を振った。

「なんなんだ一体……」

「ええとそれで、どこまで話したっけ。あ、そうそう、アンジェはね、セインと会ってもいいって。だけど条件をつけてきた」

「条件だと？」

「そう」

いぶかしそうに顔を顰《しか》めるセインに、カーラはアンジェの言葉を思い出しつつ話を続ける。

「条件は、アンジェの顧客の離婚を手伝うこと」

「……は？」

（本当に「は？」だよね!?）

目を丸くするセインを、カーラは苦虫を噛《か》み潰《つぶ》したような顔で眺める。

「それは俺じゃなくてカーラの仕事の範疇《はんちゅう》だろう」

「そう！　つまり、わたしに働けってこと！　もう、なんでこうなったの？」

「そんなの知るか」

正確にはアンジェの出した条件は「顧客の悩みを解決してくれたら」だが、聞けばカーラの変身魔法を使った離婚代行業がうってつけの案件だった。

「俺が対価を払うのではなく、顧客を離婚させることが条件……なのか？」

「うん」

父親と同じように大金を要求されると思ったのだろう。

拍子抜けしたセインに頷《うなず》くと、カーラは詳細を話し始めた。

「前も言ったけど、今のアンジェは『占いの魔女』なの。で、お客は貴族が多いんだ。その中の得意客に、離婚したいけれど事情があってできない奥様がいるから、彼女に成り代わって離婚させてこい、って」

「話が見えないな」

一体どういうことだと不審がるセインと同じくらいむっすりと、カーラも頬を膨らます。

「ひとまず最後まで聞いて。あのね――」

アンジェの本業である占いは、信用と口コミで成り立つ。

特にアンジェは貴族を相手にしている分その傾向が顕著で、顧客の満足度がすべてを左右する。

問題の夫人は数年来の常連で、実家は侯爵家と縁続き。広い交友関係を持つ彼女の困りごとを解決して恩を売っておいて損はない。

だが、それならアンジェ本人が対処すればいい。

わざわざカーラに話を持ちかけてきたのは、薬師《くすし》の魔女であり変身魔法が得意なカーラだからこそ対処が可能な案件だったからだ。

とはいえ、これまでにアンジェから同様の依頼をされたことはない。カーラに急ぎ頼むほど、夫人の状態が心配だということでもある。

そう伝えると、セインは分かったような分からないような顔をした。

セインはもともと占い自体に批判的だし、なんといっても先読みの魔女からの依頼だ。納得はしていないと分かる。

「問題の奥様は貴族にありがちな政略結婚をしたけど、夫とは普通に仲良くやってたんだって。でも最近、夫が不審な行動をし始めた」

「不審な行動だと？」

最初の異変は、半月ほど前のことだった。

夜中にふと目が覚めた妻は、寝室と隣り合う夫の私室から明かりが漏れているのに気が付いた。

夫は今夜、外泊のはずだった。出先で学生時代の友人に再会したので彼の家に泊まる、と連絡があったのだ。

だが、気が変わって帰宅したのだろう。それなら就寝の挨拶でもしようと隣室のドアノブに手を伸ばしたところ、夫が誰か――義父と話している声が聞こえて、扉を開けるのをためらった。

「どうしてためらう必要がある、夫婦仲は良好なんだろう？」

「義父とは仲良くないんだって」

同居の義父は厳格で、体面や体裁を非常に気にする性格だ。

息子である夫に対しても威圧的だし、妻は結婚当初、寝衣で廊下に出たところを偶然見られて、厳しく叱責されたこともあった。

結婚して二年になるがまだ子供ができないため、最近では頻繁に心ない言葉を投げつけられたりもする。

義母とはかなり前に離縁しており、屋敷内に当主を止められる者はいない。

触らぬ神に祟《たた》りなしと、妻はベッドに戻ることにした。

「なかなか話は終わらなくて、奥様は待ちくたびれて眠っちゃったのね。で、朝起きたらベッドにいるのは自分だけ。夫はどうしたんだろうって使用人に聞いたら『昨夜からまだお帰りになっておりませんよ』って」

「帰宅していない？」

「そう。夫は連絡をくれたとおり友人の家に泊まっていて、その日のお昼頃に帰って来た。泊まった先の元同級生が送ってきてくれて、それまでずっと一緒にいたって証言付き」

「それなら、寝ぼけて夢でも見たんじゃないか」

「うん、奥様もそう思ったって……その時は、ね」

しかし、妙なことは翌晩も起こった。

この日の夫妻はそれぞれ別の夜会に出ており、夫のほうが帰りは遅かった。

前日と同じように物音で妻が目を覚ますと時刻は深夜で、やはり隣の部屋では夫と義父がなにか話している。

扉越しの声はくぐもってはっきりとは聞き取れないが、興奮する義父を夫が諫《いさ》めているような時も、逆の時もあったという。

「でも朝になって訊《き》いてみると、夫はそんなこと知らないって言うの。酔っ払って帰宅して、ベッドに行く前にソファーで寝落ちしてたって。義父もその晩は自室から出ていないって使用人から聞かされて、奥様困惑」

義父は夜中に用事を言いつけることも多いため、使用人は義父の部屋近くで不寝番をしている。そして、昨晩の呼び出しはなかった。

夫婦の部屋と義父の部屋は離れているから、誰にも気付かれずに行き来することも難しい。

「しかも、昼間の夫の様子もおかしいんだって。こっそりなにか書いていたり、奥様に気付くと慌てなにかをしまったり」

「ふむ……」

五年以上働いている使用人の名前を間違えたり、普段使いの物の置き場を忘れたりもする。

「話していて、まるで知らない人のように感じるときもあるって」

不審を抱いた妻は夫にそれとなく尋ねたが、気のせいだと取り合ってもらえない。

しかし、夜中に部屋から義父との話し声が聞こえたと言ったとき、夫が狼狽《ろうばい》を隠したのは見過ごさなかった。

自分が見聞きしたことが夢とは思えない。次に声が聞こえたら思い切って扉を開けようと、妻は心に決めた。

「それでどうなった」

「それがね、その晩から奥様は夜に起きられなくなっちゃった」

夫に確かめた日の夜、夕食が終わるとまもなく強い倦怠感《けんたいかん》に襲われて、倒れるように床についてしまった。

体は指一本動かせないほど重くだるいのに頭は冴《さ》えたままという、おかしな状態だった。

眠るに眠れなく鬱々《うつうつ》としているうちに深夜になり、やはり夫の部屋からは二人分の声が聞こえ始める。だが体が動かないため、なにも確かめられない。

「妙な話だな」

「だよねえ。で、それからも昼間の夫は相変わらずコソコソしているし、夜は夫の部屋から話し声がする」

中途半端に覚醒した状態が一晩中続くため、頭も体も休まらずに疲労ばかりが溜《た》まる。

義父は義父で気がかりがあるらしく、普段に輪をかけて機嫌が悪い。

使用人だけでなく、息子夫婦も八つ当たりをされる回数が増えて、屋敷内の雰囲気は悪くなる一方だ。

「夫は自分の言うことを信じてくれないし、使用人は知らないって言う。友人や実家に話せる内容でもなくて、アンジェに相談してきたんだって」

「はっ、占いなんかで解決できるのか」

「魔女の占いをバカにしない」

セインは「占い」に懐疑的な表情をしたが、魔女の占いは侮れない。それに、他人に話すことで記憶や感情が整理できるという利点もある。

アンジェが占ったところ、『見えない真実が、過去によって明らかになる』という意味のカードが出た。

「どうとでも読めるな。詐欺師の常套《じょうとう》手段だ」

「だーかーらー、最後まで聞く！」

暗示的なカードだったが、妻に心当たりはなかった。

夫妻は政略的な見合い婚である。それゆえ、結婚前に素行や人間関係などは双方共に調べ上げられている。共通の知人もおり、なにかあれば耳に入るはずだ。

突出したところはないが、穏やかで実直な夫だった。過去に問題など見当たらないし、自分も同じだ。

「こういう場合にありがちなのは浮気だろうけど、夜中の話し相手は義父だから、ちょっと違うだろうし」

「まあ、そうだろうな」

「わたしは正直、夫の奇行も夜中の会話も全部奥様の幻覚で構わない。でもひとつだけ、すっごく気になることがある」

「なんだ？」

立てた人差し指を睨《にら》むようにして、カーラが薬師の顔で言う。

「体は動かせないで意識だけがある状態が、毎晩続く……って、そんなことある？　薬を盛られているか、リリスの時みたいに変な魔道具で魔術をかけられているんじゃないの」

嫌そうに息を吐きながら話したカーラの考えに、騎士団で様々な事件を見てきたセインも同意する。

「……可能性はあるな」

「アンジェも『もしかしたら』って思ったんだって」

だが、アンジェはカーラのように薬に詳しくないし、魔道具が原因だった場合もネティのようには対処できない――そんなこともあって、話を持ちかけてきたのだ。

「奥様はすっかり参っちゃって、いっそ離婚して家を離れたいって言ってる。でも、貴族の離婚はそう簡単にできないでしょ」

アベルとパトリシアのように王太子と公爵令嬢という高位でなくとも、貴族間の結婚は業務提携的な側面が強い。

問題の夫婦も例に漏れず政略結婚のため、どちらかに明らかな瑕疵《かし》が認められないと離婚を申し立てることすら難しいのだそう。

「それでカーラの変身魔法を使って、ということか」

「そう。わたしなら、薬を盛られても魔術を仕掛けられても見破れるからね。奥様のフリしてお屋敷に潜り込んで、危ない目に遭ってないかどうか確かめて、深夜の密会の事実確認と証拠集め。現場を押さえてそのまま離婚調停に直行できれば、なお良し」

セインのことがなければ、カーラには別の――たとえば、アンジェが受け取る報酬の一部などの、違う対価が提示されただろう。お互いにタイミングがよかったのだ。

だがセインは、渋い顔で顎に手を当てる。

「前も、同じことをやろうとして失敗したよな」

「うっ」

カーラにも心当たりはある。アベルとパトリシアのことだ。

婚約解消が盤石だと思われており、双方があれだけ「別れる」と言い張り、周囲もそれを認めていたが結局、予定通りに結婚してしまった。

カーラは言われたとおり、パトリシア――さらには公爵夫人のマリーにまでに変身したというのに、ことごとく裏目に出た一件である。

どうしてうまくいかなかったのか、今でも理解に苦しむ。

「今度こそ絶対別れるし。少なくとも離婚前提の別居はいけるはず。だって、どう考えても怪しいでしょ！　夫婦仲が悪くなくなくったって、そんな怪しい家にいたくないよね」

「カーラは殿下たちの時も、楽勝だと言っていたな」

「ら、楽勝とまでは言ってない。たぶん……」

思ったけれど口に出しはしなかったはずだ。

（これから新規案件に取り組むっていうタイミングで、過去の失敗談を蒸し返さないでほしいんだけど！）

最近請け負った離婚代行も、やはり任務遂行とはならず復縁してしまった。

もはや看板を下ろしたいカーラと、晴れやかな笑みを浮かべて礼を言いに来る依頼者の温度差が酷い。

いっそ最初から復縁を目的に頼まれていれば気の持ちようも違うが、カーラの店に忍んでくる奥様方は、依頼時は本気で離婚を希望しているのだから意味が分からない。

（わたしの代行のせいで心変わりした……わけじゃないはず！）

「えっと、まあ、そういう感じで、とりあえず王都に戻ったら準備してすぐに奥様のところに行く予定。薬にしろ魔術にしろ、対処は早いほうがいいからね。それで、この件が終わったらアンジェとセインの面会を——なに、セイン？」

アンジェから聞いた事情を話し終わると、セインは最後に茶化したくせになにか難しい顔で考え込んでいた。

「それで全部か」

「え？　うん。アンジェから聞いたのはこんなところだよ」

「カーラの報酬は？」

「報酬？　アンジェとセインが会うための交換条件だって言ったよね」

「つまりお前自身は無報酬ってことか……馬鹿か？」

「はあ？」

いきなり罵倒されて、せっかく体調不良から回復したというのにまた一気に気分が悪くなる。睨み返すカーラに、セインは「分かっていない」とでも言いたげに首を振って盛大にため息を吐《つ》いた。

「そんな条件を呑《の》んでくるなんて、馬鹿だとは思っていたが本当に馬鹿だ。今の話のどこにカーラのメリットがある？」

「はあぁ？　言い方酷くない？」

「変身魔法は負担が大きいと自分で言ったくせに」

「それはまあ、決してラクではないけれど。でも慣れているし、得意だし……ちょっとセイン。なにが言いたいの」

（もう、なんなの？）

言葉は悪いくせに、戸惑うような、申し訳なさそうな声音だからまごついてしまう。

手で額を押さえているから表情もよく見えないが、珍しく神妙な顔をしているようで、ますますカーラは困惑する。

「今回は俺が言えた義理ではないが、お前はなんだかんだ押しに弱い。断る時は断らないと、貧乏くじばかり引かされ続けるぞ」

「……なんか誤解してるかもしれないけど、引き受けたのは別にセインのためじゃないからね！」

「事実そうだろう。全部、その魔女と俺の都合だ。カーラが動く道理はない」

「なっ……！」

セインの言い方ではまるで、カーラがセインのために無理をしてアンジェの依頼を引き受けてきたようではないか。

まったくもって心外である。

確かにカーラに対価はないように思えるかもしれない。けれども、報酬とは離れたところでカーラはこの件に関わると先に決めていた。

「べ、別にセインのためだけじゃないって！　条件云々《うんぬん》は置いておいて、薬師として！　妙な薬でも使われていたらって気になるの！」

「薬師として？」

「違法薬物だったら大変でしょう。もし怪しい薬が出回っているなら、こっちだって困る」

「薬物か……ああ、それはそうだな」

強めに反論すると、セインの雰囲気が少し戻った。

（調子狂う……！）

「それに、なにもわたしだけでやるわけじゃないし。薬じゃなくて魔道具の可能性もあるからね、ネティも一緒に頼まれてる。もちろん、セインにも働いてもらうから。もし危ない魔術や薬を使っていたら、犯人をその場で捕まえてよ」

「当然だ」

カーラが何事か見抜いても逮捕はできない。しかも相手は特権階級でもある貴族である。

ネティの魔道具で証拠は記録することにしているが、その場に近衛騎士がいることはなにより強いカードになる。

「前みたいに護衛役としてのセインは必要ないから安心して。さすがに普通のお宅で突然斬《き》りつけられたり、家が燃えたりはしないでしょ」

「さあ、どうだろうな。これまでだって予定通りにいったことはないようだ」

「嫌なこと言わないでよ。今度こそしっかり証拠を摑《つか》んで言質《げんち》も取って、円満スピード離婚を成立させるんだから」

「整っていたはずのお膳立てがひっくり返った実績を早速無視しているな」

「わーわーわー、聞こえなーい」

カーラは耳を塞ぐと、前例があると言うセインにくるりと背を向ける。

「と、まあ、そういうわけだから。王都に戻って、問題の奥様に会いに行くよ！」

そのまま、村の中心地にある乗合馬車の停留所へ向けて歩き出した。朝のうちにここを発《た》てば、来たときと同じく昼頃に王都に到着できる。

一旦薬局に戻って、ネティと合流し、準備を整えたら問題の奥様の屋敷へ出発だ。

「そういえば、その奥方は貴族だと言ったな。いきなり行って追い返されないか」

「それねー。義父って人が警戒心の強いタイプで、一見《いちげん》さんはお断りなんだって。アンジェが紹介状を準備してくれていて、午前中のうちに奥様に手紙も送って話を通しておくって」

そこまでしても、当主である義父が排他的なため「魔女」として面会するのは難しい。それゆえ、女性商人に扮《ふん》して訪問する予定である。

これも、カーラが依頼された理由の一端だ。目を引く容姿のアンジェは、どう変装したところで商人には見えっこない。

(紹介状《こんなもの》を用意しているんだもん。アンジェは最初からわたしとネティにこの件を依頼するつもりだったんだよね)

言いながら、カーラは鞄からごそごそと封筒を取り出す。

ほら、と渡された紹介状の表書きを見たセインの足が止まる。

「……フローレンス・マースデン？」

「知っている人？　マースデン家は子爵位って聞いたけど」

セインは男爵家の出身だ。成人前からずっと騎士団にいて、セイン自身は貴族的な付き合いはほとんどしていないと聞いているが、実家などで貴族の知り合いがいてもおかしくない。

それにしては、親しい交友を感じさせるような表情ではない――カーラがわけを尋ねる前に、苦々しそうな声が降ってくる。

「マースデン子爵家は、俺が盗難事件の捜査に行かされたところだ」

「盗難……あ、薬局で言ってたやつ？　なにも盗まれていないのに、泥棒が入ったから見張れってわけわかんないこと言う、頑固者が当主の」

「そうだ」

「そういえば、聴取のとき奥様は寝込んでたって……あー、なるほど。はいはい、そうだね。アンジェの話に出てくる義父も面倒くさそうな人だった！」

それがマースデン子爵だという。

ならばカーラが成り代わる予定の奥様は、子爵の息子の妻ということになる。

（あれ。だとすると、ちょっときな臭いかも……？）

深夜、妻だけに聞こえる夫と義父の会話。

妻になにか隠しごとをしているらしい夫。

泥棒を異様に警戒する義父。

「……マースデン子爵本人か息子に、事情がありそうだな」

カーラの心にまさに浮かんだ疑いを、セインが渋い顔で呟《つぶや》く。

「だねえ。ま、行けば分かるでしょ」

「お前はお気楽だな。考えが足りないと言われたことはないか」

「セインは余計なことまで考えすぎって言われてそうだよねえ。それと、お前って呼ぶな」

ぷんと頭を振って足を進める。

王都へ向かう乗り合い馬車の隅の席に陣取ると、厳しい表情のまま黙って考え続けるセインの隣で、やはりカーラは熟睡したのだった。


王都に着くと、カーラの薬局の前では大きな鞄を抱えたネティが待っていた。

「偉い偉い、時間通りに帰って来た」

馬車で固まった腰やら背中やらをコキコキ鳴らしながら戻ってきたカーラの頭を、ネティがいい子と撫《な》でてくる。

嫌そうな顔をしても、自称カーラの姉ポジションのネティにはまったく効果がない。

「だから子供扱いはよしてよ、ネティ。ところでその大荷物は？」

「アンジェから渡された衣装が嵩張《かさば》って」

「衣装だと？」

怪訝《けげん》な顔をしたセインをちらりと眼鏡越しに見上げて、ネティがカーラに問いかける。

「話は済んだ？」

「うん。セインにも手伝ってもらう。この人、義父や夫と面識あった」

「へえー、そうなんだ。世間って狭いねえ」

「じゃあセインは一旦宿舎に戻って騎士服に着替えて……んーと、三時間後にネティの店の前で集合」

「は？」

「大丈夫。脳筋のセインでも大丈夫な、簡単でシンプルなプランだから」

「おい、どういうことだ」

「あははっ、じゃあ騎士君もまた後でね！」

まだなにか聞きたそうなセインを置いて、カーラはネティと薬局に入った。

§

同じ日の夕方、カーラとネティは、輸入雑貨を販売しにきた商人という触れ込みで子爵家を訪れた。

商家の女主人風の装いをしたカーラは、つばの広い帽子を深く被《かぶ》り、フローレンス夫人の髪色と同じダークブロンドのカツラを着けている。

ネティはその部下という設定だ。使用人の服を着て、商品が入っているっぽいトランクを抱えて後ろに立つ。

この衣装は、貴族との付き合いが多く内情をよく知っているアンジェが用意した。

待ち合わせたセインには驚いた顔をされたが、おかしいとは言われなかったので違和感はないのだろう。

今夜、フローレンス夫人と入れ替わって怪しい諸々《もろもろ》の状況を確認し証拠を見つける算段だが、いくら変身魔法が得意でも会ったことのない人は模せない。

夫人の身長はカーラと変わらないということなので、なるべく顔が分からないような格好で訪問し、服を交換してさりげなく入れ替わる予定だ。

カーラにとって魔法を使わない変装は実は初めての体験であり、これはこれで楽しんでいる。

合流したセインとは一旦別れ、カーラとネティだけで先に子爵邸を訪れると玄関先で早速一悶着《もんちゃく》あった。

カーラは紹介状を持っていたし、訪問客の予定があることは夫人にも連絡済み。

しかし過日の盗難騒ぎにより、来客の立ち入りについて厳しい制限を子爵より懲罰付きで言い渡されている使用人は、カーラたちの扱いに戸惑ったのだ。

改めて確認を取ろうにも、当主である子爵は留守である。

屋敷に入れるかどうか使用人同士で揉《も》め始めたところで、カーラは後方に合図を送る。

（予想通りだなあ……というわけで、セイン頼んだよー）

膠着《こうちゃく》状態が続きそうなところに、「近衛騎士」が「たまたま」現れた。先日の盗難事件のことで、その時は事情を聞けなかった子爵夫人の聴取に訪れたのだという。

運良く出現した騎士に、カーラ扮《ふん》する女主人はパッと明るい表情を浮かべる。

「では、奥様に商品をご案内する際に、騎士様にも立ち会っていただくのはどうでしょう？　私どもが怪しい者ではないと子爵様もお分かりいただけますし、使用人の皆様が咎《とが》められることもございません」

「おお、それならば！　あの、騎士様はいかがでしょうか」

「構わない」

　そうしてようやく、屋敷の扉は開かれた。

「……魔女は詐欺師も兼ねるのか」

「人聞きの悪い。変身魔法を売りに来たわたしが商人を名乗ることの、どこに詐欺要素があるというの」

　そもそもこちらは主の一人であるフローレンス夫人に呼ばれているのだから、門前で拒否されるいわれはない。

　魔法を使ったりの力業《ちからわざ》で押し入らないだけ、むしろ褒めてほしい。

「セインだって、どうせ聴取は必要だって言ってたじゃない」

「チッ」

「穏便に済ませてあげたのに。態度悪ーい」

「あははっ、あんたたち見てると楽しい。もっとやってー」

「ネティまでそんなことを言う！」

　広い廊下を三人並んでぼそぼそ話しながら歩いているうちに、応接室へ着く。

　フローレンス・マースデン夫人は、いかにも具合が悪そうな顔色でカーラたちを迎えた。

　聞いていた通りのダークブロンドだが、心労からか髪に艶《つや》はなく、目の下のクマも濃い。

（うーん、思った以上に具合悪そう。今にも倒れちゃいそうだね、この奥様）

寒色系のドレスがますます肌を青白く見せていて、カーラは薬師として心配になってしまう。

近衛騎士が監視を請け負ったため、使用人も安心して応接室から下がる。事情を知る四人だけになって、夫人は詰めていた息を吐いた。

「……はじめまして。あの……」

「アンジェからお話を伺いました。わたしが薬師の魔女のカーラで、こちらは匠の魔女のネティ。奥様、とにかくお楽に。なんならソファーに横になっちゃってください」

カーラは薬師の顔で言いながら帽子のつばを上げて顔をしっかり見せ、夫人を安心させるように微笑《ほほえ》んだ。

戸惑うような夫人の視線がカーラの背後にも注がれていることに気が付き、セインを振り返る。

「ああ、こっちの男性は本物の近衛騎士ですよ。アンジェの関係者でもあるので信用してくださって大丈夫」

「まあ……！　そうでしたのね」

アンジェの関係者と言われたセインは、心外だという顔をした。

だが、なにも間違っていないし、アンジェの名が出たおかげでフローレンス夫人の表情から一気にこわばりが取れたため、否定はせずに気まずそうに小さく頷く。

「盗難未遂事件の時にも捜査に来た人です。あれもこれもで大変でしたねえ」

つい先日のことを持ち出すと、フローレンス夫人は申し訳なさそうに目を伏せた。

「その節はわたくし、騎士様にご挨拶もできなくて……あの、義父が申し訳ありません。なにも盗まれてなどおりませんのに」

「いえ、奥様はお加減が悪かったと伺っています。業務ですので、ご当主の件はお気になさらず」

「この人のことは本当に気にしなくていいですよー、仕事大好き人間なので。今日もドアマン代わりに連れてきました」

「おい」

「厳然たる事実」

近衛騎士の存在がカーラたちの入邸を容易にしたのは本当だ。軽口を叩《たた》けば、場の雰囲気が少し和む。

「皆様、ありがとうございます。この家では義父がすべてを取り仕切っておりまして……お手間を取らせましたこと、心苦しく思います」

アンジェからの紹介状を大事そうに胸に抱いたフローレンス夫人は、ほっとしたのか今にも泣きそうな顔をこちらに向ける。

青い瞳は生気なく落ちくぼみ、頬はこけてしまっている。もともと繊細な顔立ちをしており、見ているほうが気の毒になる窶《やつ》れぶりだ。

(だいぶやられているなあ……でも、心労だけじゃなさそうだね)

眠れていないとは聞いているが、ほかにも熱や吐き気など体に不調がありそうだ。カーラとしては、離婚云々よりもまずそちらの治療を優先したくなる。

立派だが堅苦しい家具が置かれた部屋で、カーラとネティは勧められるまま古めかしいソファーに腰掛け、セインは扉前に立った。

「奥様、しんどそうだし時間もないのでいろいろ省きますけど、先にこれだけ。できればお茶やお酒、冷たいものは控えて、柔らかく煮込んだスープとかの、口に入れやすくて消化に良いものを摂るようにしてください」

「えっ？　ええ、分かりましたわ」

「ハーブティーは好まれます？」

「あの、カモミールティーが好きですが」

「それもちょっとお休みしましょうか。ジンジャーティーやホットミルクのほうがいいですね」

突然の食事指導にきょとんとしながらも了承するフローレンス夫人に頷くと、さて、と具合の悪そうな顔を見つめながらカーラは話を戻した。

「アンジェから事情は聞きました。旦那様と離婚したいという気持ちは今も変わりません？」

「……はい。もう、この家でやっていく自信がなくて……」

項垂《うなだ》れる夫人の細い肩は今にも折れそうだ。

夫のことは嫌いではないが、なにもかもが無理なのだと夫人は切々と訴える。聞かされた話の内容は、アンジェから伝えられたものと同じだった。

「――では、夜中の事実確認を含めて、離婚に至る道筋を作るほうはわたしが引き受けます。ところで、見たところ奥様には魔術的な影響はないようですね」

「ま、魔術ですか？」

「奥様にだけ毎晩聞こえる声や体調不良はもしかして、魔術とか薬のせいっていう可能性もあるかなって思ったんです。最近、魔法石が付いたアクセサリーを買ったとか、薬を服用し始めたとか、そういうことはあります？」

「いいえ、ございませんわ」

信じられないと言いたげな表情で夫人は首を横に振る。

瞳に集めていた魔力を散らしてカーラはネティに顔を向けた。

「ネティの眼鏡ではどう？」

「んー、現在作動中の魔法陣や魔法石はナシ。痕跡も見あたらないから大丈夫だとは思うけど、念のためにベッドに仕掛けられていないか後で確認したほうがいいかな」

「うん、分かった」

レンズの向こうで緑の瞳を細め、フレームを指で触りながらネティが答える。

魔術でどうこうの線は薄そうだと、二人の魔女の見解が一致する。

（そうすると、一服盛られている可能性が高いかあ……魔術のほうが気が楽だったのに。あー不愉快！　そんなことに薬を使わないでよね！）

薬は、病気症状を改善するための非常に個人的なものだ。本人に知らせずに使うなんて言語道断である。

「奥様の体調が悪くなるのは、決まって夕食後だと聞きました。日中のお食事の後は、体調とかも平気なんですよね？」

「ええ。夜に限っておかしくなるのです。動けなくなって横になるのですが、実際は眠れなくて。使用人やナイジェル……夫からは、熟睡しているように見えるそうです」

「あ、それは初耳。ということは、目は閉じている？」

「ええ。瞼《まぶた》も動かせないし、声も出ません」

夫人の答えに、カーラはふむ、と頷く。

「じゃあ、夕食に必ず食べるものってありますか」

「必ず、ですか……食前酒と食後のお茶かしら。わたくしの実家の領地は蜜酒が特産ですので、夕食にはいつもそれを」

アルコールにはあまり強くないため、小さいリキュールグラスで一杯だけだとフローレンス夫人は言う。

「体調を崩してから美味しいとは思えなくて、この数日は舐《な》める程度しかいただいておりませんけれど。それと、食後のお茶は銘柄が決まっておりますわ」

「ご主人やお義父様も同じものを？」

「いいえ、夫たちは甘いお酒を好みませんので、蜜酒はわたくしだけですの。それに二人は、お茶ではなくコーヒーを」

「なるほど」

カーラとネティは顔を見合わせた。

ちらりと振り返るとセインも同じように考えたらしく、眉間にシワを寄せて腕を組んでいた。

（もし薬を混ぜるとしたら、その蜜酒かお茶が怪しそう……お酒ならボトルに入れちゃえばいいかもだけど、お茶なら毎回混入を？　ああでも、茶葉に細工もできるか。んー、そうすると使用人がグルの可能性もあるのか）

カーラたちの来訪でも揉《も》めたくらいだ。この家の頑固当主である子爵は、使用人が息子夫婦ではなく自分の意向だけに従うように、よほど厳しく管理しているのだろう。

ますます離婚推奨案件ではないか。

カーラは夫人に向かってばっさりと言いきる。

「今晩、奥様にはネティの家に避難してもらいます」

「避難？」

「じゃ、ここからは私が説明しますね」

ぷんと膨れたカーラの肩を指先で押してソファーに凭《もた》れさせると、交代で身を乗り出したネティが会話のバトンを握る。

「まず、今夜カーラと入れ替わっている間のこの屋敷での出来事は、向こうで見られるのでご安心を」

「離れたところから、この家の中の様子を見られるのですか？」

「はい。私が作ったこれを使いますので」

「鏡……ですわね」

ネティが商品トランクの中から取り出したのは、鏡台だった。

上半身が映る、よくある大きさの鏡台だ。細工が美しいものの、ほかに特別なところはないように見えて、夫人は首を傾げる。

「これと同じものが、これから奥様が行く家にもあります。それを使えば、映像だけでなく音声も聞こえますよ」

「まあ、そんなことができますの！」

木枠の四隅にはめ込まれている色石は、実は飾りガラスではなく魔石である。

鏡面自体もネティによって魔法処理が施されており、この鏡台と、双子にあたるもう一台とで同調させられる、れっきとした魔道具なのだ。

設置するのは問題の部屋の隣、夫婦の寝室だ。寝室になにか仕掛ける者がいる場合に備えての記録用であり、扉を大きく開ければ夫の私室もある程度映せる。

現場である夫の部屋にもこの鏡を置けたらよかったのだが、いきなり見知らぬ物があったら不審感を持たれてしまうため、こういう配置になった。

それだけではなく、恒例の魔道具ペンダントも使う。

こちらはペンダントから鏡に情報を飛ばす機能を付け、もう一台の鏡でも見られるようにネティが改造をした。

ちなみにこの鏡台はやはり、魔女だけがフルスペックで使える特別仕様品。

セインが興味深そうな視線を向けてくるが、騎士団の任務に使用することは不可能だ。残念でしたー、である。

「ペンダントを通じて音声通話もできるように改良しましたから、なにか不審なことに気付いたらその場で教えてくれれば、現場のカーラに伝わります。奥様はこの家で直接確かめたいかもしれないとは思ったのですが、今回は――」

「いっ、いえ。いいえ！　お願いです、わたくしは夜が怖くて……！」

女は家にいるものであるという信条の義父が許さないため、短時間の日中の外出はできても外泊はもってのほか。

里帰りの許可すらも出ないため、逃げ出すにも逃げ出せないでいるのだとフローレンスは追い詰められた表情で訴える。

特に夜が怖いと繰り返す様子に、カーラは眉を寄せた。

「奥様がこんなに具合を悪くされているのに、ご主人はなにも言わないのですか？」

「……ナイジェルはとても心配してくれています」

「医師には？　子爵家ならかかりつけの医師や薬師をお持ちでしょう、診察や相談はしましたか」

カーラの質問に、フローレンス夫人は悲しそうに首を横に振る。

「お医者様にかかることは、義父が反対を。病気など気のたるみが原因だ、その程度で医師を呼ぶなどみっともない、とおっしゃって。それに少し前、義父の不興を買ったらしくて先生は今、我が家に立ち入り禁止ですの」

「はあ？　偏屈爺《じい》が」

「カーラ。聞こえているぞ」

「事実」

思わず心の声が口を突くと即、セインに窘《たしな》められた。そのやり取りにネティが面白そうにニヤニヤしているが、笑いごとではない。

病気も怪我《けが》も、好きで罹《かか》っている人なんてまずいない。不慮のそれを「みっともない」などと、しかも本人に向かって言う人間なんてカーラは大嫌いだ。

早期に治療を開始できるかどうかが、予後の明暗を分けることもある。医師の診察を受けられるのに、かかり惜しみをして手遅れになったらどうするのか。

(治療をしたくてもできない人だって多いのに)

僻地《へきち》で医師も薬師もいないとか、経済的に難しいとかで医療から遠いことは実際にある。それは現実だから否定しないが、マースデン家はそうではない。

それに、威圧して他者を従わせるという行為は、押さえつけられることなく育ってきたカーラにとって非常に煩わしい。

「家長がどう言ったって、そこは夫が妻の味方にならなくちゃダメでしょう。いくら心配してくれようと、口ばっかりで行動が伴わないんじゃ、そりゃあ離婚もしたくなりますよ」

「義父も以前はここまで酷くはなかったのですが……それに、わたくしもよくないのです。夫を信用しきれなくなってしまって、つい『余計なことは言わないで』と」

カーラに離婚を肯定されて、夫人は寂しそうな自嘲を浮かべた。

「信用――ああ、知らない人のように見えるって言っていましたね」

「ええ。まるで別人のように感じてしまう時があって。おかしいですわよね、顔も声も変わりないのに」

ふとした時に感じる夫の変化についてもそれとなく使用人に振ってみたが、夜中の会話と同じく否定されてしまった。

やはり自分だけがおかしくなったのかと、ますます気鬱《きうつ》になったのだという。

「奥様。どんな時に違う人っぽく見えますか？　場所とか時間とか、シチュエーションが決まっていたりはしますか」

フローレンス夫人は指を顎に当てて少し考えた。

「そうですわね……パーティーなど、社交に出ているときは以前と同じだと思います。エスコートやダンスも違和感がないですし」

「では、家にいる時は」

カーラの指摘に、夫人はハッとして顔色を変えた。

「言われてみれば、家での夫はわたくしに触れることを避けている節があります。そうかと思えば、やけに優しかったり、目も合わなかったり……」

「なるほど。態度が一定しない、と」

「この家です。きっと、この家が悪いのですわ……！」

血色を失ったフローレンス夫人は自分を抱きしめて腕をさすり、堪《こら》えきれないと言いたげに涙をこぼす。

かなり精神的に参っているようだ。

ちらりとセインに視線をやると、仏頂面に気の毒そうな色が混じっていた。

「では、やっぱりここから一旦離れましょう。それじゃあそろそろ時間もなくなってきたし、セインはちょっと後ろ向いて」

「なんでだ」

「だって応接室《ここ》に衝立《ついたて》とかないから。それとも、騎士様はレディの着替えを見たいの？」

「は？　お、おい⁉」

言うが早いか帽子を取り、服を脱ぎ始めたカーラにセインはぎょっとして、驚くほどの早さで背を向ける。

「ネティ、奥様のほうをお願いできる？」

「いいよー。じゃあ奥様も脱ぎましょうね」

「あの、魔女様方？」

「商談があんまり長引くと不審がられてしまいますから。続きは、着替えながら話しましょう」

こちらも戸惑うフローレンス夫人に、カーラとネティはにっこり微笑んだ。

「さあ！　入れ替わりますよ、奥様」

6 × マースデン子爵家

　その日、マースデン子爵家を訪れた女性商人から、フローレンス夫人は鏡台を購入した。

　商人とほぼ同時に近衛騎士も聴取に訪れており、最近ずっと体調がすぐれない中、来客の応対にあたったフローレンス夫人はやはり疲れを感じたようで、部屋に運ばせた夕食も半分以上残して床に入った。

　帰宅した夫のナイジェルが眠った妻を見舞おうとしたところに、義父であるマースデン子爵も会合から戻ってきた。

　フローレンスの出迎えがないと立腹する子爵の大声が二階にまで響いてきて、カーラはうんざりする。

（うーん、聞きしに勝る高圧さ。体調が悪い時にこれはキツいわー）

　慌てて玄関ホールに降りたナイジェルは頑張って父を宥《なだ》めているようだが、てんで効いていない。

　他人の家のやり方に口を挟む趣味はカーラにないが、いくら貴族院で偉くても家庭でまで強権を発動されてはかなわない。

　口やかましく罵る子爵の声が遠ざかると、疲れた様子の足音が階段を上がり、カーラのいる隣の部屋へ入った。

フローレンスの予想通り、ナイジェルは今夜も自室で休むらしい。父の相手をして疲れたのだろう、夫婦の寝室に来る様子はない。

（……そろそろかな）

夜は大分更けている。頃合いを見計らってそっとベッドを降りると、カーラはチェストの上に置いた鏡に向かった。

埋め込まれた魔法石のひとつに触れ、指先から魔力を流す。

「……うん。ネティの細工は見事だね」

簡易な魔道具にありがちな反発などひとつも感じず、するするとごくスムーズに魔力が魔石に伝わっていく。

魔石に魔力が溜《た》まると、薄明かりの部屋を映していた鏡面がゆらりと揺れ、銀色の板の上には明るい部屋が現れた。

鏡を覗《のぞ》き込めば、わくわく顔のネティと、まだ不安そうだがかなり顔色が良くなったフローレンス夫人が映し出される。

しっかり魔法が発動したことで、こちらのカーラと向こうのネティはぱっと顔を明るくし、なにか言おうと口を開いたところでハッと我に返って、しぃっと二人揃《そろ》って人差し指を唇に当てた。

鏡の向こうから小さく囁《ささや》く声が聞こえる。

『カーラ、見える、聞こえるー？』

「ばっちりだよ、ネティ！　えっとねえ、さっき子爵が帰ってきた。ナイジェル氏は隣の部屋に落ち着いたところ」

　こちらも小声で囁き返せば、ネティが手で大きく丸を作った。

『すっかりわたくしが向こうにおりますのね……魔女様、こうして見ると、とても妙な気持ちですわ』

「使用人にも怪しまれていませんから、ご心配なく」

『ふふ、わたくしですら見間違えそうです』

「ではこの後は繋《つな》ぎっぱなしにしますので、なにかありましたらお知らせください」

『ええ、お願いします』

　ネティとも頷《うなず》き合ってまた魔法石に触れると、鏡がまた水面のように揺れて、カーラが今いる室内を映し出した。

　さきほどと違うのは、四隅の魔法石がすべて鈍く光っていることだ。

　これで、表面的には「鏡」でありながら、面に映したものはもう一台のほうにも同じく映る。仕組みについてネティがいろいろ説明をしてくれたが、ちっとも理解できなかった。

「……さて、夫はどう出るかな」

　鏡台の隣には夫婦の結婚写真が飾ってある。

　まだ顔を見たことがない夫ナイジェルは、柔和な面差しの男性だった。

（優しそうではあるんだよね）

　猫っ毛の髪は金色で瞳は灰色。年齢は妻とひとつ違いの二十三歳。読書とテニスが好きな、最近の奇行を除けばいたって普通の人であるとのこと。

誰かから恨まれたり、事件に加担したりなどといったこととは無縁の、実直で平凡なタイプらしい。父親に頭が上がらないというが、あの怒鳴り声から察するに、従順にすることで被害を食い止め、妻を守っている感じもある。

（だから、奥様は余計に不安になったんだろうなあ。さ、鏡の準備はこれでよし。次は……っと、あ、ペンダントも着けなきゃ）

ベランダに面した大窓を静かに開け放つと、足元にランプを据える。

記録用の白い魔法石がついたペンダントを首から下げているうちに、窓辺に気配がして――振り向くと、闇夜に紛れる紺色の騎士服を着たセインがいた。

「うわっ、手早い。ここ二階だよ、もしかして家宅侵入に慣れてたりする？」

「ぬかせ。人に泥棒みたいな真似《まね》をさせやがって」

ごく小さい声で恒例の応酬が始まる。

「えー、警備のついででしょ。見回る場所が、庭から屋内に移っただけ」

「そういうのを屁理屈《へりくつ》というんだ」

「嘘《うそ》は言ってないし」

セインは一旦夕方にここを去った後で、近衛騎士団として約束した定期巡回を口実に、改めて子爵邸の広い敷地内に入っていた。

監視をしつつこの部屋が見えるところで待機し、カーラのランプの合図を待っていたのだ。

「それにさあ、この状況だと泥棒っていうより、間男じゃない？」

「なっ⁉　お、おま……モゴッ」

深夜の寝室で、ひらひらのナイトウェア姿のフローレンス――中身はカーラだが――と二人きりというシチュエーション。

誰がどう見ても浮気現場であることに、セインは言われて初めて気付いたようだ。

思わず高くなりかけた声をさっと手で押さえられる。

「しーっ……魔法で黙らせられたい？」

「い、いいからなにか着ろ！」

「寝ている人が上着を羽織っていたらおかしいでしょ」

『ま、魔女様っ、チェストの二段目にガウンがありますので！　あの、ぜひ！』

「あっ、奥様。じゃあ、それだけお借りしますー。うん、通信環境も良好だねえ」

ペンダントから聞こえたフローレンス夫人の声にセインが目を丸くする。

「ああこれ？　ネティが改造してくれたの」

『録音しながら音声通話も可能にしたんだよ。すごいでしょう、さすがネティさんだね！』

「あはは、ネティの声もちゃんと聞こえるよー」

「規格外……」

王宮の魔術団には魔道具を専門とする班もあり、目下取り組んでいるのは現状一抱えほどの大きさの音声録音機の小型化である。

国の最先端を誇る魔道具制作陣を軽々と飛び越える「匠の魔女」に、セインは額を押さえた。

いくら魔女専用とはいえ、技術力が段違いなのは素人の目にも明らかだ。もし一般人にも使えたなら、いったいいくらの値が付くか想像すらできない。

そんなハイスペックすぎる魔道具を携えて挑むのは、夫と義父の会話の解明という、なんとも地味な現場である。セインはいっそう眉間のシワを深くした。

「ネズミを追い払うのに大砲を使うような真似だ」

「セイン、頭でも痛い？」

「なんでもない。それよりカーラ、夕食に薬は入っていたのか」

チェストから取り出したガウンをカーラが羽織ったことで、ようやく視線が落ち着いたらしい。セインに尋ねられて、カーラが小声で答える。

「あー、それね。うん、入ってた」

「やっぱり酒にか。大丈夫だったのか？」

「飲み込まずに吐き出したたし、平気。あ、グラスの残りは証拠として取っておいたよ。でもねえ、ちょっと変なんだ」

「変？」

出された夕食は、全部の皿を少量ずつ食べてみたがどれも普通の食事だった。

薬が混入されていたのは、蜜酒だけ。

アルコールに紛れて、蜜酒には本来ないタイプの苦みが舌に残るが、前もって知らなければ気付かない範囲だ。混ぜられた薬の量は、ごく僅《わず》かだろう。

しかし、カーラの表情は冴《さ》えない。

声が伝わらないようにペンダントをぎゅっと握りしめると、セインを少し屈《かが》ませて耳に口を寄せた。

「睡眠薬っぽいんだけど、わたしの知ってるどれでもなかった」

「カーラが全部の薬を知っているわけでもないだろう」

「それはそうだけどね」

蜜酒に魔力を通して簡易分析をしたところ、主な効果は鎮静と催眠だった。

だが、微《かす》かに反応があった成分がカーラの注意を引いた。薬師としての勘が、この薬は危険だと告げる。

「奥様、舐《な》めるくらいしか口を付けてないって言ってたよね。そうしてよかったよ、本当に」

「危ない薬なのか」

「ちゃんと分析したら教え……っ」

なにかが外れるようなカタンという音がして、口を閉じる。音の出所は、隣の夫の部屋だ。

耳をそばだてながら、二人して足音を忍ばせ扉に近寄る――少しして、ぼそぼそと二人の人間が会話する声が聞こえてきた。

声量は抑えているが、断る片方にもう一方が縋《すが》っている感じだ。

――けど、これ以上は――

――そう言わずに、頼むから――

（……うん、分かんない！）

そういえば、カーラは夫や義父の声をちゃんと聞いたことがない。

さっき階下で口論をしていたが、遠かったし扉越しだし、そもそも怒鳴り声と会話の声は違うだろう。カーラはちょいちょいとセインを手招きする。

「どっちがどっち？」

「……はあ」

素直に尋ねると、思いっきり呆《あき》れられた。深すぎるため息が軽く腹立たしい。

「仕方ないでしょ、分かんないもの」

「……子爵は、子音を強めに発声する癖があるようだった。だから頼んでいるほうが子爵で、拒絶しているほうが息子のナイジェルだと……いや、違うな」

「違う？」

「ああ、子爵ではない。別人だ」

渋い顔をしながら告げられたセインの言葉にカーラは驚いた。

「父子ゲンカじゃないってこと？」

「片方はナイジェル・マースデンで間違いないだろう。だが相手は、よく似ているが子爵の声ではない」

「へえ……言い切るんだ」

「ああ」

その返事を確かめるように、カーラは目を細めた。

「分かった、信じるよ」

「あっ、おい？」

「セインは廊下から、だからね」

言うが早いか、カーラはドアノブに手をかけると、セインの制止より早くバンと扉を大きく開ける。

「——からもう、フローレンスに薬を飲ませるのも駄目だ！」

「そんな、もう少しだけ協力——」

「こんばんは、あなた。折り入ってお話が……って、ええっ？」

机を挟んで言い合っていた男性二人が、突然開いた寝室の扉に驚いて揃って振り向く。

空耳でなければ、ペンダントからも息を呑《の》む声が聞こえた。

（な、なんで……二人？）

フローレンスの姿をしたカーラは、その青い瞳をまん丸にして言葉を呑む。

——写真と同じ、金の髪に灰色の瞳。洒落《しゃれ》たブラウスにベストを着た男性と、もう一人は気楽なシャツ姿の、同じ顔をした二人が驚き顔で立っていた。

「……えっと……」

気まずい沈黙が落ちる。

まだ事態を把握していない男性二人より先に動いたのは、フローレンス扮《ふん》するカーラだ。

すっと上げた指先で、二人を交互に差す。

「……双子？」

男性たちは二人そろってハッと我に返り、ベストを着た男性が血相を変えてよろけながらこちらに駆け寄る一方で、ラフなシャツ姿の男性はがっくりと額を押さえて項垂《うなだ》れた。

「フ、フローレンス！　頼む、話を聞いてくれ！」

「あちゃー、バレた……」

「え、本当に双子？　あれ？」

（ちょっと待って。聞いてないよ、奥様ー⁉）

心の声が通じたのか、ペンダントから『わたくしも知りませんわ……』というフローレンスのか細い声が聞こえてくる。

（それじゃあ、もしかして……）

「あの……最近、変だなって思って……もしかしてあなた方、入れ替わってたり……なんて、ふふ、そんなお芝居みたいなことがあるわけ――」

カーラの呟《つぶや》きに、大げさなくらい二人の肩がびくりと跳ね上がる。図星らしい。

「……あったわけですか」

それなら「同じ顔なのに、別人のように見えるときがある」と言ったフローレンスの言葉も納得がいく。

事実、別人なのだから。

妙なところで腑《ふ》に落ちながら、フローレンスの前に膝をついてネグリジェに必死で縋《すが》る男性をぼんやりと見おろす。

「フローレンス、本当にすまない！　どうか、父には内緒に！」

「いえ、言いませんけど……あの、ご紹介してくださいます？　わたくし、今、混乱しておりまして」

「お、弟のアンガスだ。私たちは双子なんだ」

「そっくりですものね、そうでしょうけど……驚きましたわ……」

「ナイジェル兄さん、奥さん大丈夫？　座ってもらったほうがいいんじゃない？」

「あっ、そ、そうだな！」

少し落ち着いたらしい弟のほうが気遣いを見せたとき、今度は廊下の扉からノックが響いて二人はまた飛び上がる勢いで驚く。

「はい。どうぞ」

「フローレンス？　なんで返事しちゃうの、待って！　父さんだったら……っ」

「うわ、さすがにヤバいだろこれ！」

弟のアンガスが大慌てでソファーの陰にしゃがみ込んで隠れる直前に、重そうな扉が開く。

入ってきたのは、一旦廊下に出て、外から入ってきたふうを装って正面から入室してもらったセインだ。

父子爵ではなく近衛騎士の登場に盛大に安堵《あんど》の息を吐いたナイジェルだが、一瞬後に我に返って慌てて出す。

「夜分失礼。本日の巡回警護のご報告にあがりました」

「ご、ご苦労！　あっ、ふ、フローレンスちょっとその格好では」

ナイジェルはバッと振り向いて、ナイトウェア姿の己《おのれ》の妻にまたあたふたとする。

「あら、構いませんわよ。騎士様はお仕事ですもの、やましい気持ちなどお持ちになるわけございません。それにガウンも着ております」

「そうだけど、私が嫌なんだって……もう！」

言うが早いか、椅子の背にかけてあったジャケットを無理に羽織らされてしまった。

さらにナイジェルは、妻をセインの視界から遮る位置に陣取って立つ。どう見ても、妻大好き夫の行動だ。

（あれー？）

『奥様ー、愛されてるじゃないですか』

『そ、そんな……ええ、どうして……？』

混乱した声がペンダントから小さく聞こえる。後ろではネティが盛大にはやし立てていて、カーラはフローレンス夫人にちょっとだけ同情した。

自分を庇《かば》うように前に立つ夫の服の裾をつんっと引っ張ると、ナイジェルは弾《はじ》かれたように振り返った。

カーラはフローレンスの顔でにっこりと笑みを浮かべて、ナイジェルともう一人をしっかり見つめる。

「ちょうどいいですわ。あなたと、貴方。正直に全部お話しくださいますわね。こちらの騎士様に証人になっていただきましょう」

有無を言わせない調子で言い渡すと、同じ顔を青くした二人は揃ってコクコクと頷いた。

§

ナイジェルとアンガスは、双子の兄弟としてマースデン子爵家に生まれた。

外見はそっくりだが性格は正反対。内気でおとなしい兄ナイジェルに対し、アンガスは幼いころから奔放で活発だった。

子供は従順を良しとする父子爵とアンガスは、ことあるごとに対立した。

母である子爵夫人がいたころはまだどうにか保《も》っていたが、離婚して出ていってしまってからは、父子の溝は深まる一方。

アンガスと父の仲がとうとう破綻したのは、七年前。

無理やり入学させられた学園もほとんど通わず、父親の決めた将来には絶対に進まないと改めて宣言したアンガスが、絶縁された上で放逐となったのだ。

「親父が言い出さなければ、こっちから絶縁状を叩《たた》きつけるだけだったからね、それ自体は別にいいんだ。でも、兄さんには迷惑かけちゃったよね」

「構わないよ。アンガスは覚悟の上だったし、この家にいても幸せにはなれない。父を止められない私は、見送るしかできなかったしね……」

こうして並ぶと表情のほかは、外見も声も本当にそっくりな二人だ。

アンガスはひとまず別れた母の元へ身を寄せ、兄弟はその後もこっそり連絡を取り合っていたそうだ。

「父はアンガスに関する一切を消し、名前を口にすることも禁じた。フローレンスと結婚する際に交わした書面にも書かなかった……義父上には直接、私から伝えたけどね。義父上は父の気性をご存じで、苦笑して許してくださったよ」

「そうだったのですね……でも、わたくしになにも教えてくださらなかったのは、少しひどいと思います」

「万が一、フローレンスの口からアンガスの名前が出たら、あの父がなにをするか分からなかったから。本当に申し訳ない」

（まあ、納得できなくはないかぁ）

しばらくの間、母親のところにいたアンガスは、領地にきた旅芸人の一座について出ていったのだという。

「俺って同じところにはいられない性分なんだ。それに、俳優の仕事が楽しくて。天職だと思った」

子爵家出身ということは伏せていたし、貴族教育から逃げ続けたアンガスはマナーや儀礼に詳しいわけでもない。

それでも、生まれ持ったノーブルな雰囲気と独特の野性味が相まって、アンガスはアンディ・ブラッドという名であっという間に人気俳優になった。

本当に楽しくやっているのだろう。芝居のこととなると瞳を輝かせて話し、隣のナイジェルもそんな弟を自慢するような表情だ。

「うちの劇団、ファーラン座っていうんだけど結構名が売れてさ。王都の劇場から声がかかったんだ」

「あら、すてき」

「だろう！　劇団のみんなで祝杯をあげて喜んだよ」

聞いてみるとその劇場は、規模は小さいものの王都の中心地にあり、かかる舞台はいつも評判になることで有名なところだった。

流行りや芸能に疎いカーラでも知っているくらい有名な劇場である。

ここをステップに王立劇場のお抱え俳優になった者も多いし、外国への興行の足がかりになることも多い。

そういえば、リリスが話していた劇団もここのことだったかもしれない。

「巡業先から王都に入って、まず兄さんに連絡をした。そうしたら――」

「そうしたら？」

めでたい話題のはずなのに、アンガスの声が暗くなる。

「……親父が、もう長くないって」

「えっ」

「すまない。フローレンスにも黙っていたが、そうなんだ。ベクター医師《せんせい》に言われててね……父は最近、君に対しても特に態度が酷かったろう？　余命を知ってしまって、荒れているんだ。自分でもどうしようもないんだと思うけど」

「……そうでしたの」

幸い自覚症状はあまり強く出ていない。病名と余命を当人に告げるかどうかも含めて、医師とナイジェルとで話し合っていた。

しかし、なにかを察した子爵に命じられ医師が恐る恐る話したところ、怒鳴り散らされたあげくに出入り禁止を言い渡された。

ますます横暴になった背景には、残り僅かな生に対する執着と、近い将来への不安があったのだろう。

（……だからって他人に当たるのは、わたしは好きじゃないけどね！）

自分がつらいからと周囲を傷つけていいわけがない。でも、そうしてしまう弱さも知っている。

病の痛みや苦しみで余裕がなければなおさらだろう。

今のカーラはフローレンスのフリをしているだけで本人ではない。意見を言わずに、黙って話を聞く。

セインもまさかこんな方向に話が進むと思わなかったのだろう。いつもと同じような顔だが、微妙に気まずそうだ。

それで、とアンガスが話を再開する。

「今でも親父のことは嫌いだし苦手だけど、一度くらい会っておいたほうがいいかなって……ウチの団長がさ、やっぱり親とケンカ別れして今の道に入ったんだけど、その後一度も会えないまま親は死んじゃったんだって。会っておけば良かったたって、すっごく後悔してるって俺に言ってきてさ」

「分かる気がしますわ」

「でもあの親父のことだから、いきなり俺が現れたら激昂《げっこう》してそのまま死んじゃいそうだろ？　死期を早めて恨まれたら、それこそやってらんない」

「……ノーコメントにさせてください……」

セインはますます気まずそうにし、ナイジェルはうんうんと深く頷いている。

どうしたら穏便に会えるか、そもそも顔を見せて大丈夫か。そんなことを連日、兄弟で相談していたのだという。

「日中は稽古があるから、夜中にこっそり。この屋敷には古い隠し通路があって、そこから入ってたんだ。いやあ、子供時代を思い出して懐かしかった」

「フローレンスを巻き込むわけにいかなくて、言えなかった。不安にさせて本当にすまない」

なにか懐柔の手がかりを探そうと、ナイジェルは父の私室に入り込みもした。

だが、動かした机上の物を戻し忘れてしまったために「泥棒が入った」と勘違いされて、通報の羽目になったのだそう。

所轄の警察どころか、近衛騎士まで来る大事になってしまって、生きた心地がしなかったとナイジェルは体を小さくする。

これにはセインも驚いた顔をした。

「ですから、捜査していただいたところで、犯人も盗まれたものも出てくるわけがないのです」

「なるほど……」

弟アンガスが兄ナイジェルのフリをして入れ替わり、昼間に接触を試みたこともある。

しかし、外出が多い子爵とはなかなかタイミングが合わない。

妻であるフローレンスはさすがに違和感を持ったようで不審がられるし、使用人の目も多く、入れ替わりが露見しそうで止めたのだと言う。

(うわー、そういうこと!)

「夜中に相談していることがフローレンスにばれそうになって……アンガスのことを知られるわけにいかなくて、申し訳ないけど眠っていてもらおうって睡眠薬を使ってみたけれど。どんどん体調を崩していくから怖くなって、もうやめるって話していたんだ」

「そうでしたの……でも、事情があるからって、本人に無断で薬を飲ませたらダメです」

これだけは譲れないカーラが毅然《きぜん》と言い切ると、兄弟二人は神妙に頷いた。

「ところでその薬って、本当にただの睡眠薬ですの?」

「もちろんだよ。腕の良い流しの薬師が作ったヤツで、翌日まで残らないし副作用もないって、うちの劇団員も使ってる。毎晩、兄さんの睡眠時間を削らせて悪いから、これで昼間に眠ったらいいと思って渡していたんだ」

移動や公演などで生活時間が乱れがちなので、眠り薬はよく使うのだとアンガスは言う。体に負担の少ないタイプのものを探して、いろいろ試しているそうだ。

「でも、奥さ……わたくしにはよくありませんでしたわ」

「義姉さんには合わなかったのかもしれない。具合が悪い原因がこの薬だとしたら、ごめん」

「いいえ、多分、これだけが原因じゃないと思いますから」

「え？」

「あ、いいえ、なんでも。でもこの薬は、あなたももう飲まないほうがいいと思います。劇団のお友達にも服用を止めるように伝えてください」

「分かった、もう飲まない」

驚いたことに、アンガスは素直にカーラの——義姉フローレンスの助言に頷いた。根が素直なのだろう。

使わないと約束できたことは嬉《うれ》しい。しかし、もう一歩進んでこの薬の出所を突き止めたい。

カーラはそっとセインに目配せをして、話を続けた。

「流しの薬師から直接買いましたの？」

「いや、最近知り合った行商のヤツが持ってきたんだ。もしかして気になる？」

アンガスの言葉に反応したのは、カーラではなくセインだった。

「無許可で薬品を売買する者の犯罪行為が増えており、監視を強めております。できれば確認をさせていただきたい」

「マジで？　いいよ。俺、堅気《かたぎ》じゃないけど悪事はしない信条なんだ。もしヤバいとこと繋がっているようだったら教えてくれ。金輪際関わらないよう、仲間にも伝えるから」

アンガスから売人の特徴などを聞き取り、セインは手帳に書き付ける。

――これで、薬に関してはいいだろう。

残る懸念は子爵と末息子の再会をどうするか、だ。目の前の兄弟は、もうそっちの話に戻っている。

(ん？　わたしの請け負った離婚前提調査はどうなって……いや、でも状況は奥様に伝わっているし、これが今の最適解？)

夫が深夜に会っていたのは父ではなく、双子の弟だった。

不審な行動の理由も、盗難騒ぎの原因も明らかになった。

薬を盛られていたのは確かだが、その出所も判明した。繰り返し謝罪もされた。

しかもどうやら夫はフローレンスが大好きっぽい。離婚したいと申し出たら、めちゃくちゃ落ち込みそうだ。

(……あとは本人次第だろうなあ)

ペンダントからはあれ以来反応がない。

部外者のカーラでさえいろいろと予想外だったのだ、当事者であるフローレンスは困惑しきりだろう。なんにせよ、ここでカーラができることはもうなさそうだ。

――これまでの経験からいって、代行業的には厳しい結果が予想される気がしないでもない。

嫌な予感が静かに胸に迫る。

(まさか、魔女仲間からの依頼案件でも任務不履行だなんて……ありえない。そんなの、本当に、心の底からお断りなんだから！)

カーラが任務結果について思いを馳《は》せている間も、兄弟の意見はまとまらない。

隠し事がなくなってほっとしたのか、ああでもないこうでもないと存分に討議をする二人を眺めていたカーラだが、不意にひとつの案が思い浮かんだ。

(ちょうどいい。ここから退出できるし)

あの、と手を上げて堂々巡りの言い合いを中断させる。

「つまり、権威第一主義でプライドの高いお義父様に、アンガス様の俳優業を認めてもらえればよろしいのですよね」

「ああ、それができたらどれだけ助かるか！　フローレンス、なにか手があるのかい？」

「わたくしではありませんが、友人が助けてくれるかもしれません。ですので、相談に行ってもよろしいかしら」

にっこりと笑ったカーラはアンガスを一旦宿に戻し、夫ナイジェルとセインの三人で屋敷を出た。


馬車に乗り、向かったのはネティの店だ。

王都の表通りでも、さすがに深夜ともなると歩いている人はほぼいない。店に近い街灯の下に馬車を停《と》め、護衛役のセインを連れたカーラが降りる。

だが、馬車から身を乗り出したナイジェルは妻の手を握って離さない。屋敷で待っていればいいのに、どうしてもと言って付いてきたナイジェルは分かりやすく拗《す》ねている。

「フローレンス……やっぱり心配だよ」

「まあ、あなた。向こうの方は男性が苦手ですから、お会いするにはわたくしが行かないとダメなのですって何度もお話ししましたよね？」

「だって、夜中だし」

「夜会の帰りがこれより遅い時間になることもありましたでしょう？　大丈夫ですよ、連絡を取ってもらえるように頼むだけです」

「でも……」

「近衛騎士様に同行していただきますから」

（なんだか、親に置いて行かれる子供みたい）

カーラは繋がれた手をそっと外すと、夫の髪をクシャリと撫《な》でる。柔らかそうに見えた金の髪は、案外硬かった。

「少しの間だけ、いい子で待っていてくださいませ」

「うん……分かったよ、フローレンス」

絶対にすぐに戻ってくるんだよ、と念を押されて扉を閉める。

共に馬車を離れるセインの背中には、いつまでも夫ナイジェルの視線が刺さっていた。

「……離婚しなさそうだな」

「うるさいー……ん？　セイン、なんで怒ってるの。もしかして眠くなった？」

「は？　誰が」

「うわ、いい歳して自分の機嫌も分からないなんて」

苛《いら》つきを隠さないセインに肩を竦《すく》めて、カーラは無造作に腕を伸ばすとセインの髪を撫でた。

不意打ちで触れられた手に目を丸くしたセインが、一瞬遅れて後退《あとずさ》る。

暗いからよく見えないが、カーラの前では不愉快そうにばかりする顔が慌てているようだ。

「っ、おい、何の真似だ？」

「さっき旦那さんの髪触ったらけっこう硬くてね、男の人の髪ってみんなそうかなーって」

「はあ？」

「それに、撫でられたいのかと思って」

そう言ってにこりと微笑《ほほえ》んでみせると、今度こそはっきりと取り乱すのが伝わってきた。

「おっ、お前、なに――」

「お前って言うな」

（あー、ちょっとだけスッキリした！　「離婚しなそう」とか、縁起でもないこと言わないでよね。本当に！）

セインの言葉を遮ると、フードが付いたコートの下から魔道具のペンダントを引き出す。

「ネティ、聞こえてる？」

『はいはーい。なんだか面白いことになったねえ』

「面白がらないでよー」

顔を顰《しか》めて反論しつつ、ペンダントから聞こえるネティの指示通りに店の裏に回る。

と、扉の前に立ったタイミングで鍵が開いた。

「魔女様！」

扉を開けると、待ち構えていたようにフローレンスが二人を出迎える。

中に入り、腰を落ち着ける間もなくカーラはコートを脱いでフローレンスに着せかけた。

入れ替わりは終了だ。さっと魔法を解くと元々のカーラに戻る。

二回目でもやはり鮮やかな変化に、フローレンスはほうっと見入った。

「奥様、向こうでの話は全部聞こえていました？」

「は、はい、映像もこの目ではっきりと……あの、魔女様。わたくし……」

言いにくそうに言葉を濁すフローレンスの痩せた頬は赤く染まっている。

なにかを察しつつ、カーラは笑顔で夫人の言葉を遮った。

「予想外の事実がたくさん出てきたから、奥様も困りましたよねえ。まあ、急がないでゆっくり考えてみてください」

「……ええ。そういたしますわ」

「アンジェの占いは『見えない真実が、過去によって明らかになる』、でしたっけ。そのとおりでしたね」

信頼している占いの魔女を思い出して、フローレンスはきゅっと胸を押さえる。

「ええ、そうですわね……ありがとうございます、魔女様方」

瞳を潤ませた夫人がカーラの手を取り、カーラとネティを交互に見て礼を述べる。

背後のテーブルには例の鏡台と同じものと、ほぼ空になったスープ皿が置いてあった。夜食はネティが用意してくれたのだろう。

（少しは食欲も戻ったかな）

改めて、カーラはフローレンスを眺める。

魔力を瞳に集め、頭のてっぺんからつま先までを一巡して、体の真ん中で止めた。

（……うん、よかった。薬の影響は残っていない）

握られた手はまだ熱っぽい。きっとしばらく下がらないだろう。

ふっと笑みを浮かべるカーラの背後から、セインが声をかけてくる。

「それで、カーラ。策があるような口ぶりだったが、どうするんだ」

「ああ、あのね、セインに頼みがある」

「俺に？」

「アベル殿下とパトリシア様に連絡を取ってくれる？」

「で、殿下ですって⁉」

「……なるほどな」

なにか思い当たった表情のセインとは対照的に、フローレンスは王太子の名前に目を丸くする。

しぃっと人差し指を口に当てたカーラが片目を瞑《つむ》った。

「わたしが一回だけ使える反則技です。さあ、頑固親父に反撃しましょ！」

ニヤリと人の悪い笑みを浮かべてカーラの話す短い計画を、三人は黙って聞いた。

§

道の脇に寄せた子爵家の馬車の前では、ナイジェルがウロウロしながらフローレンスを待っていた。

妻の白いコートが見えると、待ちきれずに駆け出す。

「フローレンス！」

「まあ、あなた。馬車の中にいらしてよろしかったのに」

「そんな悠長にしていられるわけがないだろう！」

「そ、そうですの……？」

心配で待ちかねたと、無事を確認するように肩を抱いてくるナイジェルに、フローレンスが驚きつつも頬を染める。

見つめ合って二人の世界を作りそうになる夫婦に、セインがわざとらしく咳《せき》払いをした。

「失礼。私はこれで」

「あ、ああ。ご苦労」

「お世話になりましたわ、騎士様」

「いえ。では」

美形だが仏頂面の近衛騎士が表情ひとつ変えずに去ると、ナイジェルはフローレンスを連れて馬車に乗る。

動き出した車内では、いつものように向かいの席ではなくなぜか自分の隣に座る夫に、フローレンスはまた戸惑った。

寝不足がたたってカサついた頬に、ナイジェルの手が申し訳なさそうにそっと触れてくる。

「あの、あなた？」

「すまなかった。正直に話したかったけれど、ずっと秘密にしていたから勇気が出なくて……その結果、君に不要な心労をかけてしまった」

「まあ……」

「父のことも。本当は私が暴言を止めなくてはならなかったのに、もう長くないと知ってしまったら強く言えなくて」

「いいえ、仕方のないことですわ」

「妻を蔑《ないがし》ろにしたのは事実だ。許されることではない」

揺れる車内で真摯に謝られる。

フローレンスの顔にはもう、最初にあった憂いは残っていなかった。

「……そのことは、また後で話しましょう。それよりあなた、アンガス様とお義父様の件ですけれど」

「そ、そうだな。その、親切な方と連絡は付いたのかい？」

「これからですわ。でもきっと大丈夫だと思いますの。それで、近いうちに半日だけお義父様の時間をいただけるかしら」

「どんなことをしても」

「まあ、心強いわ」

返事待ちだから計画の内容はまだ詳しく話せない、と夫に告げるフローレンスの手はずっと握られている。

(こんな人だったかしら)

いつかと同じ疑問が別の意味で浮かぶが、今フローレンスの心にあるのは冷たい猜疑《さいぎ》ではなく、温かい愛情だ。

(……薬師の魔女様と匠の魔女様に繋いでくれた、アンジェ様に御礼を言わなくては)

「あの、あなた」

「なんだい、フローレンス」

ひと言も聞き漏らすまいとするように身を乗り出してくる夫にちょっと引きつつも、フローレンスは満更でもなさそうに頬を染めて口ごもる。

「え……っと、その。間違いかも……しれないのですけれど……」

――あのね、奥様。たぶんなんですが――

父子再会計画の内容にも驚かされたが、別れ際にカーラに耳打ちをされてから、フローレンスの胸はずっと騒がしい。

『蜜酒には薬が入っていましたけれど、初日以降は眠剤の効果が現れるほど摂取されたとは考えにくいのです。なので、重い倦怠感《けんたいかん》を中心とする症状は、眠り薬による副作用というよりも――』

(ずっと熱っぽいのも、自分の体ではないような重だるさも、もしそれが理由なら……)

フローレンスは、ナイジェルに握られていないほうの手をそっと下腹部に当てる。

まだ確証はない。医師の診察を受けろと薬師の魔女は断言を避けた。

けれど、きっとそうだと思う。

（いつから、魔女様は気付いていらしたのかしら）

きっと最初からだ。食事指導をされたのは出会い頭だった。

フローレンスは伏せがちだった顔を上げる。心配そうに細められた夫の灰色の瞳に映る自分は、久しぶりに微笑んでいる。

「……赤ちゃんが、できたかもしれませんわ」

蜜酒をそれなりに飲んだのは具合が悪くなった初日だけで、そのあとの晩は口を付ける程度だった。

その後も続いた体調不良は薬によるものではなく、悪阻《つわり》と、初日の影響を引きずった心因的なものではないかとカーラは言った。

人の心は強いけれど繊細で、それを包んでいる体も同じだから、と。

なにを言われたか、聞こえはしたが理解できないようだったナイジェルの瞳が、数秒かけてこぼれ落ちそうに見開かれる。

「……っ⁉」

「ですので、お義父様に怒られても、朝になったらベクター先生を呼んでいただきたくて……あの、あなた？」

――夜明け前。

子爵家へ到着した馬車から、妻を横抱きにしたナイジェルが降りてきた。

今すぐに、せめて日が昇ってからと、涙の跡を残したままの笑顔で言い合いながら帰って来た若夫婦に使用人は首を傾げたが、二階へ上がる後ろ姿はとても幸せそうに見えた。

§

マースデン夫妻の馬車が走り去る音を聞きながら、セインは来た道を戻る。

匠の魔女の魔道具店の裏口を開けるとカーラとネティはテーブルについており、酒盛りが始まっていた。

「あ、セイン。おかえりー」

「こんな夜中から宴会か。いいご身分だな」

「お酒を飲んでるのはネティだけだよ。セインも飲む？」

「断る」

「あっそ」

半分ほど空になったスープを前にしたカーラはすっかりリラックスした表情で、我が家のようにくつろいでいる。

とはいえ、キッチンとリビングルームを兼ねているらしいこの部屋は、見たこともない魔道具や

作りかけの作品があちこちに置いてあって、いわゆる「普通の家」からはほど遠いのだが。

カーラの向かいの席に行儀悪く座る匠の魔女は、ワイングラスを片手に頬杖《ほおづえ》を突いてチーズを摘まんでいる。

「はー、それにしても、奥様の身代わり夕食は厳しかったあ」

「あはは！　薬が盛られてるかもしれない食事なんて、もりもり食べられないもんねえ」

「薬でも毒でも別にいいんだけど、食欲がないはずの奥様が突然完食したら怪しまれるでしょ。なにをどう残せばいいか迷っちゃった」

「毒を食っていいわけがないだろう」

「わたし、そこそこ耐性あるし、中和剤や解毒剤もあるし」

「そういう問題じゃない」

まるで他人事《ひとごと》みたいな言い草に、セインのこめかみがピクリと引きつる。

肝心のカーラはどこ吹く風と大きなあくびをしてスプーンを置いた。

「カーラ、もう食べないの？」

「んー……眠くなってきた」

「言うと思った。泊まっていきなよ」

「ありがと、ネティ。そうさせてもらうー。じゃね、セインもお休みー」

「あ、おい……！」

言うが早いか、カーラはひらひらと手を振ると、振り返りもせず階段を上がっていってしまった。

先読みの魔女――アンジェと会う件について、まだ話をしていない。

舌打ちをしそうになるセインに、ネティが分かっていると言いたげに話しかける。

「アンジェのことなら心配しなくていいよ。結果的にあの二人が離婚するかどうかは分かんないけど、依頼案件についてはこなしたんだから」

「……信用できるのか」

「別に信用しなくていいけど、君ができるのは待つことだけだからねえ。心安くしていたほうがよくない？」

木で鼻をくくるような言い方が魔女らしい。

だが、セインに切れるカードがないというのは、悔しいがそのとおりだ。

「カーラは昨日から強行軍だったからね。変身魔法も使ったし、休ませてやってよ」

「あいつはいつでもどこでも眠っていたけどな」

変身魔法は魔力消費が大きく、疲れるとは言っていた。しかし隙を見つけては寝ていただろうにと呆れるセインに、ネティはおやと眉を上げる。

「いつでもどこでも？」

「ああ」

（そういえば、匠の魔女とちゃんと話をするのは初めてだな）

カーラの話によく出てくるこのネティについて、セインはほとんどなにも知らない。魔道具の製作が得意で、世話焼きな先輩魔女というイメージくらいだ。

判断が付けられそうなのは年齢くらいだが、自分とそう変わらないようにも見えるし、カーラと同じくらいにも見える。

要するに、よく分からない。

だが、以前のセインなら徹底的に避けていたはずの「魔女」と顔を合わせ、しかも会話を続けようとしている自分に気付いて、内心で驚いてもいた。

「たとえば、どこで?」

カーラの居眠りを気にするネティに聞かれるまま、セインは答える。

「どこって、ノックリッジへの乗合馬車でとか、向こうに着いてから野っ原でとか。熟睡もいいところだった」

それに、学園での騒動があった日は、騎士団に着いても――いや、その前の運んでいる最中からずっと寝ていた。

(あの時は、魔力切れもあったか)

もともと眠る場所には頓着しないタイプなのだとしても、セインの前で寝すぎである。

「ふうん、熟睡ねえ……へーえ」

ネティは興味深そうに頬杖を解き、訳知り顔で瞳をにんまりと細め、手元のワインをぐいっと飲み干した。

タン、と音を立ててグラスをテーブルに戻すと、ボトルに手を伸ばす。

なみなみと注がれる赤い液体に満足そうに口の端を上げた。

「そっかー。随分時間がかかったけれど、ヴァルネの苦労は無駄じゃなかったってことかぁ。まあ、苦労だと思ったことはないだろうけれどね」

ネティはその顔に懐かしそうな、痛々しそうな色を浮かべる。

「それはどういう――」

「カーラってさあ、なつかない猫みたいなとこあるでしょ」

「猫？　まあ……分からなくもないが」

返事になっていないうえに唐突な喩《たと》えだが、セインも頷いた。

毛を逆立てて威嚇する姿が想像できて、うっかり笑いそうになる。ちっとも脅威ではない。

「あの子って小さい頃は、まー人見知りがすごくてね。いやね、喋《しゃべ》るし目も合うし、手とか髪とか触っても嫌がらないし、一見《いっけん》すると普通なんだよ。でも……絶対に心を許さなかった」

最後のひと言を独り言のように呟いて、ネティはまたグラスを空ける。

「おい、匠の魔女――」

「君は本当にアンジェと会うつもり？」

セインの呼びかけを遮って、ネティはからりと話題を変えた。

「……なにが言いたい」

「そのまんまだけど」

たっぷりと含みを持たせた言い方をされる。それは、なにかを知っている者の特徴だ。

だが「本当に会いたいのか」と聞いたセインへの質問には気遣いや憂いはなく、単に興味だけを寄せられていると感じる。

人ではなく物を見るような――作った試作品を精査するような眼差しの、カーラよりも深い緑の瞳がレンズの向こうで静かに瞬く。

「知りたいのは、アンジェが『占いの魔女』を名乗るより前の話だよね。寝た子を起こすと、君にとって不都合な事実が出てくるかもよ」

(……匠の魔女か)

人当たりは良いが、食えない。まるで自分のよく知る誰かのようだ。

「構わない」

腐れ縁の同期を思い出して、セインは端的に返事をする。

不都合もなにも、父親が死んだ事実は変わらない。それに対し先読みの魔女がどう思っているのか知りたいだけだ。

――一方の真実が、他方にとっての事実とは限らない。

騎士団で多くの事件を扱って、そしてカーラと組んだアベルたちの件でも、そのことは実感している。今回もそうだ。

言い切ったセインに、ネティはグラスを置く。

「そ。じゃあ、アンジェから連絡があったら教えるよ。今夜はお開きってことで」

「ああ」

匠の魔女に手を振られ、セインは騎士団の宿舎に戻った。

――閉まった扉を魔法で施錠すると、ネティは先ほどまでカーラが座っていた椅子を眺める。

「……魔女《私たち》じゃない誰かの傍《そば》でも眠れるようになったかあ」

ヴァルネに引き取られた頃のカーラは、夜中に書棚の本が一冊だけ倒れた音で飛び起きて、丸くなって防御姿勢を取るような子供だった。成長してからもそういう警戒を……特に、人間に対してずっと心の底に持ち続けていたはずだ。

眠ること自体を嫌っていたカーラが屋外で居眠りだなんて。

しかも近衛騎士の隣で。

「ヴァルネ、見てる？　揶揄《からか》うなら今だよ、今！　あっははは、乾杯！」

軽やかに笑いながら、ネティはグラスを高く掲げた。

7 × 先読みの魔女

先読みの魔女との面会についてカーラから連絡があったのは、子爵家の件から数日後だった。

セインの予想よりも早かったが、向こうもこの件をさっさと終わらせてしまいたいと思っているのだろう。

実際に対面できるとなって、セインは「魔女」である彼女たちが、交換条件の約束を反故《ほご》にすると自分が考えていなかったことに驚いた。

（あれほど信用できないと思っていた相手だというのに）

自分の心の持ちようが変わった理由は分からないが、その事実は受け入れるしかない。

整理がつかない気持ちは一旦横に置いて、セインは騎士団宿舎を出た。

対面の場所に指定されたのは、カーラの薬局だった。

先読みの――占いの魔女アンジェは警戒心が強いらしい。

不特定多数の人がいるところでできる話の内容ではない。

とはいえ、自分の家に他人《セイン》を踏み入れさせたくないし、騎士団の事務室といったセインのテリトリーとおぼしき場所も避けたいと、そういうことだろう。

指定された時間より早く、セインは裏路地の古い木戸を押す。

「あれ、早くない?」

いつもと同じにチリンと鳴ったドアベルに、白衣姿のカーラが奥から顔を出す。

「気にするな」

「別にいいけど、アンジェはまだ来てないし……あっ、じゃあ、例の睡眠薬の分析が済んだから先に話しておくよ」

ちょっと待ってと言いながら調剤室に引っ込むと、薬の現物が入ったガラスの小瓶と古い本、それに数枚の紙を持ってカーラが戻ってくる。

あのマースデン子爵の家で使われた睡眠薬については、後日アンガスより提供された半量をカーラに、残りを王宮の植物研究室に渡して分析を依頼していた。

「調べ終わったのか?」

「反応が出るまで時間がかかるテストもしたから、普段よりかかったね」

流しの薬師が作り、実店舗を持たない代理人が販売していた品であっても、許可さえあれば販売そのものは違法ではない。

しかしこの睡眠薬は商品名も登録されておらず、申請も出ていなかった。

作ったとされる薬師は流しの者であり、素性が分からない。

そのため騎士団では売った人物を探すとともに、薬に違法な成分が使われていないか調べることにした。

「お城の専門家にも頼んでいるんでしょ、そっちの結果とも比べてよね。わたしの持っていない試薬とか使ってるだろうし」

「……ああ」

研究室からは、分析に少なくとも半月はかかると言われていた。当然、結果はまだ受け取っていない。

カーラが先に調べ終わったのはほかに急ぎの案件がないからだろうが、不本意ながら国のお抱え研究者の力不足を疑ってしまう。

先日、匠《たくみ》の魔女の魔道具を見たときに感じたのと同じような歯がゆさが胸に広がる。

そんなセインの内心にはお構いなしに、カーラはカウンターに報告書を置いた。

整った文字で端的に書かれたレポートには、具体的な数値や計算式も載っている。研究室に依頼した際に出てくるものより簡易だが、まとめ方も無駄がない。

勧められて椅子にかけると、カーラは報告書を示しながら説明を始める。

「まず、主な原料は一般的な睡眠薬と同じ薬草だった。バレリアンの抽出液とレモンバームやサンザシ」

「それらは一般的な薬草なのか」

「知名度があるかはどうか知らないけど、どれも昔からある植物だよ。次の日までぼんやりした気分が残ったり、習慣化したりする心配が少ないから、まあ安心して使える」

個人差があるから絶対はない、と言いつつ、カーラは淀《よど》みなく答える。

「ただね、薬をお酒と一緒に飲んだらダメ。初日の奥様に異様に効いたのは、それもあると思う」

フローレンスの夫ナイジェルは滅多に風邪も引かない人で、薬についての知識がなかった。単純に、薬の味を誤魔化せそうだという理由で蜜酒に混ぜたのだそう。

「そもそも、黙って薬を飲ませるのがダメなんだってば。お腹《なか》の赤ちゃんに影響がなくてよかったよ、本当に」

マースデンの若夫婦からは、この睡眠薬の提供を受けるときにフローレンス夫人の懐妊も伝えられた。極度の体調不良は悪阻《つわり》でもあったらしい。

フローレンスの体調はまだよくなさそうだったが、表情が生き生きとして動き回りたがり、すっかり過保護になった夫ナイジェルをハラハラさせていた。

「……夫婦円満だそうだ」

「知ってるから言わないで！　いいことだし、おめでたいけど！」

「今回も任務達成ならずだったな」

「うわー、厭味《いやみ》ったらしい」

ゴンとカウンターに頭突きをする勢いで、カーラは分析結果の報告を中断して項垂《うなだ》れる。

やはりこうなったか、とセインには納得感しかないのだが、カーラはかなり悔しそうだ。

「どうして毎回、毎回！」

「夫人は謝礼を届けに訪れると言っていたが」

「とっくに来たよ！　でも違うでしょう、わたしがほしいのは依頼の成功実績であって、お金じゃないんだから」

「つまりカーラは金はいらないと」

「いや、いるよ！　ないと困るけど！」

カウンターの上で握りこぶしをつくりながら、カーラは不満そうに膨れる。結果など見えていただろうに、諦めの悪い魔女だ。

「弟と父親のほうはこれからだけどな」

「そっちは代行と関係ないから、結果はどうなってもいいの。わたしは傲慢な頑固親父に一泡吹かせたいだけだから、驚く顔さえ見られればほかは興味ない」

「相変わらず勝手だな。それで、分析結果はそれだけか」

話を軌道修正させると、はっとした顔をして、試薬で染まった指先をスッと報告書の一箇所に当てる。

「量的にはほんの少しなんだけど、これ。意味分かんない成分が入っていた」

「意味が分からないとは」

「なんで入っているのか分からないっていうこと。苦みを中和させるためとか、薬効を高めるためとか、そういう理由がない」

紙を覗《のぞ》き、カーラの指差す先にある聞いたことのない名前を読み上げる。

「……アムリウム？　これは薬草なのか」

「毒草。花と根に毒がある」

毒という言葉に、セインの表情が厳しくなる。カーラも話し方自体はいつもと同じだが、声音が重い。

「毒性自体はそこまで強くない。この睡眠薬に入っていた量程度じゃあ、一度に全部飲んでもお腹を下すくらいかな。けれどアムリウムの根には中毒性があって、そっちは少量でも高確率で依存症になる」

「いわゆる薬物か。今回の睡眠薬に根の成分は使われていたのか？」

「ううん、それは大丈夫」

首を横に振るが、カーラの表情は晴れない。

「毒草なんてね、別に珍しくない。毒キノコはその辺に生えるし、子供が冠を作って遊ぶ花にだって実は毒があったりするし。でも、このアムリウムは違う」

「どう違うんだ」

「百年近く前に絶滅している」

「……は？」

「そうなるよね！　わたしだって、まさかと思ったよ」

生育環境が特殊で、もともとの個体数が少ない種だったとカーラは言う。セルバスター《自国》では育たないとも。

遠く離れた国で唯一分布していた一帯は、火山の噴火によって焼失した。それ以来、再発見の知らせを聞いていない。

なぜ分かったかというと、組成が独特だそうで、それが一致したのだと古ぼけた厚い本を開いて説明される。

あいにくそちら方面は詳しくないから、見せられてもセインにはピンとこなかったが。

「実は絶滅せずに、運良く残っていた……ということは？」

「アムリウムは球根で増えるんだけど、根は浅いんだ。流れてきた溶岩で焼かれて全数消失したってここに書いてある」

「そうか」

「それに、絶滅種が再発見されたっていうことを広めたいなら、こんなふうにこっそり混ぜるのはおかしいでしょ。これじゃあ誰も気付かないよ」

カーラは独り言のように疑問を口にする。

「……毒ならほかにもあるのに、なんでわざわざアムリウムなんだろ……？」

その疑問はもっともだ。

根の部分なら嗜好者《しこう》を作り、次第に値を吊《つ》り上げて売るため――などと予想できる。

だが、使われたのは中毒性のない花の部分で、しかも入れられたのは致死量ともならない僅《わず》かばかり。

なんらかの作為がありそうだが、それが何なのか分からない。

顔も知らない流しの薬師が、急にうさんくさく感じられた。

「でもまあ、わたしが言えるのはここまで。王妃様なら特別な文献とか情報とかを持っているかもしれないから、報告上げてみて」

「分かった」

宿題を渡された気分になりながら、書類や薬の小瓶を受け取る。

と、チリンと背後でドアベルが鳴った。

（……！）

「あ、アンジェ」

「……待たせしたかしら」

少し掠《かす》れた低い女性の声に、不覚にもセインの肩が揺れる。

息を詰めて振り向くと、長年探していた先読みの魔女の姿があっけなく目に入った。

（こいつが先読みの……？）

白金の長い髪、赤い瞳。体の線がよく分かるぴったりとしたドレスと同色の、深紫のローブ。

殺風景な薬局には不似合いな、いかにも魔女という風貌の妖艶《ようえん》な美女がそこにいた。

夜の頼りない明かりではなく昼の光の中で、初めてセインはアンジェの顔をしっかりと見た。

目の前の魔女は、セインより幾つかだけ年上のようだ。たぶん、兄とそう変わらない年齢だろう。

（……どういうことだ）

セインは出鼻を挫《くじ》かれた気になった。

父親と先読みの魔女の間に愛人関係めいたものがあると思っていたのだが、十五年前ならまだ子供ではないか。

アンジェはといえば、椅子から立ち上がったセインを見ずに、木の床に靴音を響かせながらまっすぐカウンターに進むと、持っていた籠を置いた。

「場所代」

「ありがと。わたしは席を外そうか？」

「わざわざこの店を指定した理由をなんだと思っているのよ。カーラもいなさい」

すっと細くした瞳で冷たく睨《にら》まれて、カーラが肩を竦《すく》める。

「セインもそれでいい？」

「構わない」

「そ、分かった。アンジェ、そこに椅子あるよ」

「いらないわ。長居するつもりはないの」

言い捨てたアンジェは甘ったるい香水をふわりと残して、また扉前まで下がる。

人差し指を頬に当て、軽く小首を傾《かし》げつつ温度のない眼差しでセインを眺めると、ほっとしたように深く息を吐く。

「父親に似ていないのね。よかった」

「……俺の外見は母方のほうの血が強いらしい。が、『よかった』？」

「もし似ていたら、このまま帰ったわね」

字面だけなら傲慢な言い様だが、心底安堵《あんど》している声音にセインは眉を寄せる。

店の扉に背を預け、自分を抱きしめるように腕を組むアンジェは、よく見ると小さく震えていた。

（……恐れている？）

ローブの下は薄着のようだが、寒さを感じるような気温ではないし、室内は十分に暖かい。

セインの視線に気付いたアンジェが、ふっと皮肉げな笑みを浮かべる。

「それで、話って？」

「十五年前の顚末《てんまつ》を。俺の父ジュード・ハウエルとの間になにがあったのか、当事者の口から教えてほしい」

「どの程度」

「全部だ」

「……きっかけは、とある商会だったわ。私は『先読みの魔女』として独り立ちしたばかりで――」

――十五年前、アンジェは駆け出しの魔女だった。

得意とした先読みは、水盤や鏡を使って少し先の未来を知る魔法だった。

見られる範囲はアンジェが魔法に使う魔力の量で変わる。

的中率はかなり高く、依頼者の行動によって変化はするが、そうでなければ魔法で視《み》たとおりのことが起きた。

「自分の魔法が未来の『正解』を映し出すのが嬉《うれ》しくて楽しくて、得意だった。だから、頼まれればなんでも視たわ。お天気でも、生まれてくる子供の性別でも、競馬の結果でも」

「競馬？」

「ええ、そう。カードでもボードゲームでも、なんでも。タブーなんて考えたことなかった」

ピクリと眉を動かしたセインに、アンジェは肩を竦める。

アンジェ自身は賭け事に興味はなかったが、報酬さえ渡されれば先読みを断ることはなかった。ギャンブルの功罪といったものは魔女には関係がなかったからだ。

「お客は女性が多かったの。賭け事っていっても、サロン内のお遊び程度だったわ」

カーラの薬局やネティの道具店のように、アンジェは店を構えていたわけではない。

馴染《なじ》みのカフェで客を取ったり、そこで知り合った貴族や裕福な商人の家に呼ばれて魔法を披露するといった具合だった。

アンジェは先読みのほかに、これといって得意な魔法がなかった。

魔法で見た事実しか言えず話術もまだ拙《つたな》い。

簡単な光魔法で目を引き、ちょっとした未来——まもなく到着する客人の服の色、カードゲームの勝者など——を予言して驚かせるような、つまりは余興で呼ばれることが多かった。

「先読みが当たっても所詮、若い娘っていうことで軽く見られていたわね」

そんなある日、大店《おおだな》の商会に呼ばれた。

これまでと同じようなことをさせられるかと思ったが、通された客間にいたのは奥様方ではなく、小太りの主人と顔色の悪い痩せた男性。

そこは、お気楽なサロンの雰囲気とはまったく違った重苦しい空気に満ちていた。

「痩せた男性……」

「それがハウエル男爵だったわ。商会にかなり借りがあったそうね」

ハウエル男爵領では、その商会から家畜の飼料や作付け用の苗などを購入していた。

しかし領地経営は長年にわたって赤字続き。商会からの借金は膨れ上がっていた。銀行からの融資もとうとう断られて、にっちもさっちもいかなくなったのだと、聞きもしないのに商会の主人はアンジェに語る。

恩着せがましく雄弁に語る主人の隣で、男爵は気配を殺して小さくなっていた。

商会としても、男爵に貸し倒れられては困る。最低限、今年の収穫による収入は押さえたいと、アンジェを呼んだ理由を口にする。

「とにかく不作だけは避けたいと。植え付けのタイミングを合わせたいから、天気を読めという依頼だったわ。ただ、収穫までには時間がかかる。当面の返済分も必要だから軽く賭け事でも勝たせろ、と」

「……それで」

「先読みをしたわよ。それしかできないもの」

行き詰まった債務者本人を、債権者が負債回収の対象にすることはある。

相手が一般人だったら体《てい》のいい労働力として酷使して賃金を巻き上げたり、後ろ暗い仕事をさせたりするが、さすがに貴族にはそうしなかったのだろう。

「商会の主人も男爵も、私の先読みを信じている様子はなかったわ。負債を減らすための行動をした、というポーズが必要なだけだと、その時は思ったの」

商会の主人は、奥方がどこかのサロンで見たアンジェの先読みの話を聞いて興味を持ったと言っていた。

なんにせよ、普段から魔女として軽んじられていることに腹立たしさを感じていたアンジェは、遺憾なく魔法を行使した。

ありったけの魔力をつぎ込んで遅霜や雹《ひょう》の日を読み、レースの勝ち馬を告げた。

アンジェの先読みは両方とも的中し――男爵はあっさり賭け事に嵌《は》まった。

あくせく働いたり、投機の流れを読んだりする必要がなく、現金がその場で手に入る。

これまでなにをやっても裏目にばかり出ていた男爵が、必ず勝てる賭け事にのめり込むのは必然だった。

「先読みをしてくれって、毎日のように私の前に現れるようになったわ」

先読みを求めて昼も夜も自分の元に通い詰め、執着度合いを深めていく男爵に、アンジェは恐怖を感じるようになる。

「馴染みのカフェから店を変えても離れた町にいても、男爵は必ず現れた。私の魔力だって底なしじゃないわ。今はできないと言うと、何時間でも見張って待っているの。怖くなってもう関わりたくなくて、対価をつり上げたけどダメだった」

男爵から逃げようとした際に強く摑《つか》まれて、肩が外れた。

その時は咄嗟《とっさ》に出た攻撃魔法の不意打ちで難を逃れたが、この一件がとどめになってアンジェは男爵との絶縁を決める。

「金輪際、先読みはできないと完全に拒絶したらあの人、急に襲いかかってきたわ」

「な……っ」

「それまでも普通じゃなかったけれど、明らかに人が変わったようだった」

ヒクリとセインの頬が引きつる。

初めて商会で見た、弱気で大人しい男爵の面影はまったく残っていなかった。

逆上し、どうして持っていたのか分からないナイフを振り回す男爵からなんとか逃げ、アンジェは魔女仲間のところに駆け込んだ。

――翌日、男爵の遺体が川で見つかった。

「自殺だったのか他殺だったのかは分からない。私は、男爵の死が本当かどうか確かめたくて、葬儀の晩に屋敷へ行ったわ。そこにはあの商会の主人が柄《がら》の悪い男たちを引き連れてきていた」

商会の主人に見つかると、債権者を名乗るその一団に加えられた。

遺された妻子からも容赦なく取り立てをしようとする彼らの会話の端々《はしばし》から、男爵の災難は仕組まれたものだということが察せられた。

「男爵が通い詰めていた地下賭場は、評判のよくないところだったわ。今はその賭場も、きっかけになった商会もないけれど」

セインが入団してから行われた騎士団上層部の粛正は、裏稼業を営む者たちの摘発にも繋《つな》がった。

その際、商会と賭場は共に取り潰《つぶ》された。

商会と賭場は裏で繋がっていた――最初から、男爵から身代を取り上げる計画だったのだ。

「馬鹿な人よね。騙《だま》されたのよ、その商会のヤツに。そして私も利用された」

『騙された馬鹿な奴』

あの時に聞いた同じ言葉が意味を変える。

（……なんてことだ）

思い出して唇を嚙《か》みしめるアンジェに、セインが声を絞り出す。

「……それが、事実か」

「私の事実よ。あなたが信じるかどうかは、知ったことではないわ」

債権者の口から出た言葉の切れ端からでしか父親の事情を察せなかったセインたち兄弟は、事実がどうであったか知らない。

感情を抑えたアンジェの淡々とした語りは、主観が混じっているにせよ、セインを謀《はか》っているようには聞こえなかった。

アンジェは話し疲れた様子で髪を搔《か》き上げる——ローブの袖が下がって現れた白い腕には、長く薄い傷痕があった。

（あれは……）

ナイフを振り回す男爵から逃げた、とアンジェは言った。腕の側面は、頭部を庇《かば》うときに怪我《けが》を負いやすい場所だ。

想像できてしまう光景に、セインの眉根がぎゅっと寄る。

「まあ、それで。先読みはいろいろ危ういと分かったの。最初からそう気付けていればよかったのだけど」

「……それで『占いの魔女』と名乗りを変えたのか」

「ええ。先読みも私も、利用されるのはもうまっぴら」

今は、身分のしがらみのない魔女という立場を利用して、占いを補助にカウンセラー的なことをしているのだとアンジェは言う。

「未来を示し導くというより、話し相手みたいなものね。特に貴族の奥様は外で話せないことが多いから。占いもけっこう気を使うのよ？　当てすぎて、また依存されても困るし」

またという言葉がやけに重い。

「行動することで未来は変わるしね。私の先読みは当たるけど絶対はないし、あってはならないのよ」

ふう、と深く息を吐いたアンジェは薬局の中をぐるりと見回す。

「こんなところだけど。もういいかしら」

「……ああ。すまなかった」

言葉と同時に、セインは直立の姿勢で深く頭を下げた。

「ちょ、ちょっと。なに？」

ゆっくりと顔を上げると、ぱちりと瞬いたアンジェの赤い瞳と初めてまっすぐ視線が合う。

「あなたは、黙ってくれていたんだな」

借金まみれで男爵が死んだことは醜聞だった。

しかし、年端もいかない魔女に刃物で襲いかかったなどという事実が明るみに出ていたら、不名誉程度では済まない。

――憎いと思っていた相手は被害者だった。

(自分の狭量さが嫌になる)

死亡している加害者からの報復を恐れる必要はない。告発をせずに沈黙を守っていたのは、遺《のこ》された子供のためだ。

「父に代わって詫《わ》びをしたい。今からでも、このことを公にして――」

「やめてよね、それこそ迷惑。私はもう忘れたいの」

「だが、それでは」

「誰かに喋《しゃべ》ったら、それこそ一生恨むから。魔女の呪いを侮るんじゃないわよ」

きつく睨む表情からは本気が窺《うかが》えて、セインは鉛を飲み込むような表情で渋々頷《うなず》いた。

「……分かった」

「約束したわよ。それと、カーラ。マースデンの奥様の件はありがとう。おかげで恩を売れたわ」

「わたしはちっとも嬉しくない。結局離婚しなかった」

これまでずっと黙ってセインとアンジェの対話を見守っていたカーラが話を振られ、不満そうにむすっと口を尖《とが》らせる。

普段と変わらない様子に、アンジェは今日初めての笑みを浮かべた。

「ねえ、そういえば。カーラの魔法が上手くいかないのも、私と同じかもしれないわよ」

「どういうこと?」

ふと思いついたというようなアンジェに、カーラは首を傾げる。

「男爵に襲われたのがショックだったみたいで、私しばらく魔法が使えなかったの」

「えっ……！」

「それこそ初歩の光魔法ですらぜんぜんダメになっていて。怪我《けが》が治ってから少しずつ魔法が体に戻ってきて……でも、先読みの魔法だけはずっとできないままだった」

また先読みができるようになるまで何年もかかった、と言うアンジェの話をカーラは真剣に聞き入る。

「だから、カーラもなにかきっかけとか、原因があるんじゃないかしら。だってほかの魔法は少しはできるし、作った薬も効果はあるんだし」

「……でも原因なんて、心当たりない……」

「あら、あなた記憶ないじゃない。自覚してないだけかもしれないわよ」

「そんな昔のこと？　物心つく前だよ、それこそ関係ないと思うけど」

ふむ、手を顎に当てて考えたカーラは、首を捻《ひね》りつつもアンジェに礼を言う。

「でも、ありがと。調べてみる」

「そうしてみなさい。じゃあねカーラ、また次の満月の夜にレイクベルで。今度は空から飛んでいらっしゃいな」

「わー、アンジェがひどい！」

「ふふ、精進なさい。……あなたも、もう会うことはないでしょうけど」

最後にセインの顔を見て、アンジェはくるりと背を向ける。

出ていくアンジェを見つめるセインは、ドアベルの音が消えても動かなかった。

§

場所代に、とアンジェが置いていった籠の中身はパイだった。

意外なことに、魔女仲間のなかではアンジェは一番の料理上手だ。

真っ赤に染めた長い爪とあの容姿からは想像できないのだが、今の恋人も料理で胃袋を摑んで付き合い始めたのだそう。

（みんなが持ってくるのがこういう料理だったら、わたしだって喜んで食べるのになあ）

籠を覗き込んだカーラは昨日の集会を思い出す。

毒々しい紫色のスープとか、蛍光色のステーキなど、見た目を裏切らない珍妙な味がする「魔力向上メニュー」は本当にやめてほしい。

籠から顔を上げると、セインはまだアンジェが去った薬局の扉をじっと見つめている。

（……気持ちを整理する時間は必要だよね）

十五年、ずっとわだかまりを抱えていた相手に会っただけでなく、知らなかった事実を知った。

アンジェの話したすべてが真実とは限らないし、実際はまた違うかもしれない。

けれど、セインはアンジェの話を正と受け取った。

ならば今の彼にとってはそれが本当だろう。

「セイン、座って。せっかくだから食べよう」

「……は？」

振り向いたセインに構わず、カーラは一旦キッチンに入るとパイを切り分けて戻る。

どことなく腑《ふ》に落ちない表情をしながらも、カウンターの椅子に腰掛けるセインの前で茶葉を調合し、紅茶を用意する。

（少しは気が休まるといいけど）

加えるのはカモミールと矢車菊。公爵邸でパトリシアに出したものと似たブレンドだが、もう少し強めに味が出るように茶葉を変えた。

皿に載るパイはシナモンが香るカボチャのパイと、肉汁を閉じ込めたミートパイだ。

蜂蜜は入れずにカップに注いだ紅茶と一緒に出すと、お互い黙って食べ始める。

「……うまいな」

「ねー。アンジェは料理上手なんだよ」

ものすごく意外そうに、それ以上に不本意そうに呟《つぶや》いて、セインはパクパクと食べ進む。

前も思ったが、一口が大きい。カーラのよりもかなり大きく切り分けたのに、あっという間になくなりそうだ。

（……ちょっと懐かしいかも）

ヴァルネの昔馴染《むかしなじ》みが薬局に来ると、こうしてよく三人で軽食を摂った。

カウンターを挟んで二人で食べていたら、そんな昔の光景が思い出された。

「ねえ。男の人って、みんなそんなに食べるの？　それとも騎士だから？」

「カーラが食べないだけだろう。まあ、いつ呼び出されるか分からないから、早食いになるのは職業柄だろうな」

「ふーん、そうなんだ。じゃあ、テッドはおじいちゃんだったから、あんまり食べなかっただけかな」

「テッド？」

「テッド、ええと、セオドア・ハミルトン。セインに話したことなかったっけ。師匠の茶飲み友達の、元近衛騎士。テッドが王都に住んでいた頃は、よくここに遊びに来ていたんだ」

軽い返事にセインのフォークが止まる。

「師匠が亡くなった半年後くらいに引退して、田舎に引っ込んじゃったけど。名前くらいはセインも知ってる？」

「お、おま……っ」

「髪は短くて、頬のこのへんに傷痕が……あ、知ってそう。まあ、騎士団でも古株だったもんね」

右耳の横あたりを指差すカーラに、セインが信じられないという顔をする。

「知っているもなにも！　騎士団の元副団長殿だ」

「ふーん……あれ、もしかしてけっこう偉かったりする？」

「騎士団長に次ぐ職位だぞ」

「えー、嘘《うそ》だあ。だって城下警邏《けいら》担当のヒラ団員だって自分で言ってたし」

「馬鹿を言うな」

セオドア・ハミルトン――彼は、現騎士団長とともに、文句なく尊敬できる騎士の一人である。

血相を変えたセインを、カーラはキョトンと見つめる。

「まさか本当に？　だって、ここでは普通の気のいいおじいちゃんだったよ。むしろ師匠に顎でこき使われていた」

「信じられん……」

そう言って、セインは盛大に息を吐く。

セオドアは現騎士団長のライオネルも一目置いた人物で、温和な外見からは想像もつかない重みのある剣筋は晩年でも周囲を圧倒していた。

セインやトビアスのような若い見習い騎士にも目をかけてくれたが、身分的な後ろ盾が弱いセオドアは、前騎士団長や幹部から目の敵《かたき》にされていた。

そのため、彼ばかりが危ない場所の支援に行かされることも多かった。頬の傷は、その際にできたものだ。

「かつては軍神と恐れられたこともある剣豪だ。書類上の年齢以外には、騎士団を辞める理由などなかったほどだ」

「へえ」

「軽すぎる」

昔馴染みがそんな大層な人物だったと聞いて多少驚きはしたものの、まったく態度の変わらないカーラにセインが渋い顔をする。

「一緒にお皿洗ったりとか、薬草の植え替えとか雑草取りとかしてたんだけど」

「おい、副団長殿になにをやらせてんだ」

「だから、ここではただのおじいちゃんだったんだって。騎士服も滅多に着てこなかったから、最初は商店街の誰かだと思ってたくらいだし。あっ、あと、わたしに繕い物を教えてくれたのはテッドだよ。パッチワークも得意で、ピンク系の小花柄がお好み」

「……聞きたくなかった」

「そんなにショックを受けなくてもいいのに」

「いいからもう黙れ」

セインに頭を抱えられてしまった。

イメージを崩してしまったようだが、人により印象が違うのはよくあること。カーラのテッドとセインのセオドアが違っただけだ。

（師匠と仲良しだったよね。そう言うと否定されたけど）

ヴァルネの文句も笑って流して、逆にほんわりとやり込めることも多かった。気兼ねない口論を楽しんでいるヴァルネとテッドは、本当にいい組み合わせだったのだ。

武人としての威圧感もなかったから、相談役や調整役として騎士団にいるのだと思っていたし、騎士であってもカーラが構えずにいられた唯一の人でもあった。

「……さっきアンジェが、わたしの魔法がうまくいかないのに原因があるかもって言ったでしょう。そういえば、テッドにも似たようなことを言われたな、って思い出したんだ」

「副団長殿が？」

紅茶を飲んで気を取り直したらしいセインが、意外そうに顔を上げる。

「かなり前のことだし、その時はピンとこなかったんだよね。営業日誌に書いたかもしれないから、後で探してみようと思って」

「営業日誌にそんなこと書くのか」

「半分日記みたいなものだから」

一年分が一冊の厚いノートには、調剤の記録や問診内容などを書くのが基本だ。

テッドが遊びに来るのは、薬局が暇な日が多かった。処方について書くことがなかったため、文字の練習を兼ねて、幼かったカーラは雑談までよく書き留めていた。

「昔の日誌は書庫にしまってあるから、探してみようっと」

「……あの魔窟の二階にある書庫か……」

「なにか失礼な想像しているみたいだけど、書庫は本しかないしきれいにしてるよ」

「鉢植えだらけでベッドもない部屋を見た後では、説得力がない」

「わ、わたしの部屋だって整理整頓はできてるし」

「笑えない冗談だな」

「もう！」

いつもの調子に戻ったセインといつものように言い合う。しおらしいセインも新鮮だったが、不遜な態度のほうが気安く感じるのは慣れのせいだろう。

――アンジェの語るハウエル男爵は、セインの父として結びつけるのが難しい人物像だった。

（……男爵は楽なほうへ流れて、命を落とした）

そこに至るまでにどんな人生を過ごしたのか、カーラには想像が付かない。

けれど、持っていたはずのもの――継いだ家や、妻子――を、彼はその手からこぼしてしまっていたのだろう。

先読みは危ういとアンジェは言った。

それは正しい。未来を知る誘惑に勝てる人はそういないから。

「……セインは、アンジェに先読みをしてもらいたいとは思わない？」

「なんだ、急に」

唐突なカーラの質問に、セインは飲みかけの紅茶を持ち上げたまま止まった。

「未来って気になるでしょう。見られるなら見たいと思うのが普通かなって」

「別に。いや、そうだな。サドラーの潜伏先が分かるなら知りたいが――」

サドラーとは誰のことかと一瞬考えて、リリスに渡された例の怪しいブレスレットの製作者で逃亡中の元魔術団員のことだと思い出す。

「知りたいが、なに？」

「見つけた瞬間にアイツはまた逃げるだろうし、単に先読みで知っただけなら次の行き先を追えない。だから意味が無い」

「あー、なるほど。そうすると、先読みは一回限りのズルか」

「ズルとはちょっと違う気もするが、正攻法でも搦《から》め手でもないな」

「ふうん……セインは自分で頑張って偉いじゃん」

思ったことを素直に言ったカーラに、セインは僅かに目を見開く。

そうして、鼻で笑った。

「頑張っても魔法が上達しない薬師に上から目線で言われてもな」

「はー、せっかく褒めてあげたのにそういうこと言うんだ？　カーラさん特製ドリンクをご馳走《ちそう》しちゃうよ」

「ふざけるな。絶対に飲むか、あんなもん」

「効果も知らないくせに」

「これで充分だ」

「え」

そう言ってセインは持ったままだった紅茶を口に運ぶ。

「これだって特製ブレンドだろ」

「そ、そうだけど」

（……あれ、え？）

——妙な気分だ。

決して褒められたわけではないのに、なんだか胸がくすぐったくて——と、バン、と大きな音がして扉が開く。

ドアベルを激しく揺らして現れたのは、リリスとトビアスだ。

「カーラ聞いて！　前に言ってた劇団のチケットがね——って、きゃあっ、セイン様⁉」

「あっセイン、見つけたー。調査報告書が上がってきたから団に戻ろう」

「……お前ら、騒がしいぞ」

「あっ、なんかおいしそうなの食べてる！　カーラ、あたしの分は？」

タッとカウンターに駆け寄ったリリスが皿に残ったパイを目ざとく見つける。強引に割り込む勢いであざとくねだるリリスに、今だけはほっとした。

（ナイスタイミング、リリスとトビアス氏！　なんだかよく分かんないけど、助かった気がする！）

気が紛れたカーラはそっと息を整える。

「ご馳走してあげよう。頂き物だけどトビアス氏も食べる？」

「いいの？　嬉しいなあ」

「おいトビアス。すぐに戻るって言わなかったか」

「だって、うまそうだよ、これ」

ほくほく顔で前言撤回をするトビアスに、セインが分かりやすく舌打ちをする。

「いいじゃん、まだいっぱいあるし。セイン、もしかして独り占めしたかった？　食いしんぼー」

「うるさい」

「あっ、カーラ！　椅子が足りない！」

「持って来るから待って」

「この薬局で座る場所がないなんて初めてじゃないか」

「なのに客じゃないし。食べたら帰ってよね」

「えー、いいじゃん。お客が来るまでいさせてよー」

「閉店までいることになるぞ」

「わっ、セイン様もそう思います？」

「……二人とも。今すぐ追い出されたくなければ黙りなさい」

「ごめーん、冗談だよカーラ！」

「あはは！　懲りないね、君たち」

最近すっかり騒がしくなった路地裏の薬局は、そうして賑《にぎ》やかに暮れていった。

8 × 劇場にて

セインがアンジェと対面した数日後、例の睡眠薬を売っていた男が見つかった。

証言のあった足取りから行き先を予測したセインの読みが当たり、参考人手配されている売人を巡回中の警察が発見したのだ。

身柄の確保から本人確定までがスムーズに行われた背景には、マースデン家の双子の弟アンガスの協力がある。

風貌を詳しく覚えており本人と酷似した人相書きが作成できただけでなく、売人の特徴的な口調や姿勢を完璧に再現してみせていたのだ。さすが看板俳優なだけはある。

薬に関して、男は「たまたま知り合った薬師《くすし》から手に入れただけで、成分などは詳しく知らない」と答えている。

だが――

「ハンク・ニューマン？　そいつはまさか」

「そう。売人はあいつらの腰巾着《こしぎんちゃく》だった、あのハンクだよ、セイン」

トビアスの苦々しい返事に、セインはますます顔を顰《しか》めた。

あいつらとは、セインが騎士団に入ったばかりの頃に不正を働いていた前騎士団長を始めとする幹部連中のことだ。

下っ端騎士の一人だったハンクは、そいつらに尻尾を振りまくっていた。

ハンク自身も腕力にものを言わせて暴力事件など起こしていたが、重い処罰を受けるまでは至らず、罰金と騎士団からの除隊処分で済んだ。

死罪や流刑に処されるような、より罪状が重い者が多数いたため霞《かす》んだという面もある。

十五年前の加害者が現れたことに、見習い騎士として被害を受けていたセインとトビアスは複雑な心境だ。

「除隊処分後のハンクの足取りも気になるが、薬師の情報は取れたのか」

「そっちも問題なんだよなあ。聞いたら驚くぞ、セイン」

「トビアス、もったいぶるな」

じろりと睨《にら》まれて、トビアスは手元の調書に目を落とす。

「ハンクが睡眠薬を購入した薬師の外見情報だが、年齢四十歳前後、髪色はダークブロンド、瞳は鳶色《とびいろ》、中背でやや痩せ型」

「城下を歩けば半時で二十人は見つかりそうだな。名前は」

「ポール・テッドラー」

「なんだと？」

ごくあっさりとした返答に、セインは眉を顰《ひそ》めた。

ポール・テッドラーとは、元魔術団副団長であり、現在指名手配中のピーター・サドラーが匿名任務の際に使う仮の名前だ。

偽名に関して公に承知しているのは魔術団と騎士団の上層部だけだが、箝口令《かんこうれい》が敷かれるほどでもない。知っている者は少なくないだろうが、その範囲は限られる。

「まさか、本人か？　サドラーなら睡眠薬くらい作れるだろうが……」

「研究室にも出入りしてたものな」

容姿の特徴も証言と一致する。

問題の薬師はサドラーだと断定したいが、逃亡中の重要参考人がこんな時間稼ぎにもならない偽名を使うだろうかという疑問もある。

「ハンクは、薬師がサドラーだと分かっていたのか？」

「そういう供述はないなあ。でも十年以上経《た》っているし、ハンクは脳筋だからな、他部署の人間の顔なんてそもそも覚えてないと思うぞ。逆にサドラーのほうは、相手がハンクだと気付いたかもだけど」

「だな」

サドラーは知恵が回り、用意周到で狡猾《こうかつ》なところがあった。

リリスのブレスレットの製作者を指して、カーラは「陰険で性格が悪い」と言ったが、それにはセインも同じ意見だ。

騎士団と魔術団で合同捜査などを行った際など、細かな失敗や行き違いをいつまでも覚えていて繰り返し当て擦《こす》られたものだ。

（もしサドラー本人なら、目的はなんだ？）

逃亡資金を手に入れるために、薬を作って売ることは理解できる。

しかし睡眠薬には必要のない毒、しかも絶滅した薬草の毒を混入させる理由は分からない。

『なんでわざわざアムリウムなんだろ……？』

疑問を投げたカーラの声が不意に蘇《よみがえ》る。あわせて、アンジェがフローレンスに与えた占いのメッセージも。

（見えない真実が、過去によって明らかになる……だったか）

どうとでも解釈でき、誰にでも当てはまる。占い師の常套句《じょうとうく》だ。

だが、「過去」のことが最近になって頻繁に上がるのも事実。

――セインの父の死とアンジェの先読み、商会と闇賭場。騎士団の粛正、罪を逃れたハンク、微量の毒入り睡眠薬――

（カーラの家の火事も、同じ十五年前頃か……）

なにかを見落としている気がする。

繋《つな》がりそうで繋がらない切片が、喉に引っかかった小骨のようにもどかしい。

（情報が足りない。全部、もう一度洗い直す必要があるな）

渋い顔で考え込むセインに、トビアスが声をかける。

「サドラーに罪を被《かぶ》せたい第三者が、偽名を使っている可能性も捨てられないけどね」

「それもあるな」

「ハンクが言うには、その薬師は行商で国を出ると言っていたそうだ。足取りは追跡中だよ――っと、悪い。時間だな」

はっと時計を見たトビアスは、慌ててこの場を締めにかかる。

「そんなわけで、ハンクは身柄を王都に移して取り調べを再開する予定だ。証言が取れたらまたすぐに知らせるよ。引き止めて悪かった、セインはこれから王太子ご夫妻の護衛だろ？」

「ああ。行ってくる」

気持ちを切り替えて、セインは騎士団の事務室を後にした。

§

王都の目抜き通りにある中央劇場は、立派な名前に反して建物の規模は小さい。

しかし、かかった舞台はどれも評判になり、数多くの有名俳優や演出家の卵がここから見いだされた。

人気俳優の凱旋《がいせん》公演の場としても有名なこの劇場では、今日もまた新しい一座が舞台を披露している。

各地を巡る旅劇団ファーランの演目は、古典の名作を大胆にリメイクした喜劇。

斬新な演出と、看板俳優であるアンディ・ブラッドが演じる主人公に喝采が送られて連日満員御礼だ。

中日《なかび》である今日も、劇場には大勢の客が詰めかけていた。

「なぜ儂《わし》がこんなところに来ねばならん！　しかも一般席だと？」

「小さな劇場なので貴族席はないのですよ、父さん」

「ええい、あそこが空いているではないか」

「予約済みのようですね」

劇を楽しみに来た大勢の客の中、威張り返って不満を口にする男性と、その息子らしき二人連れの姿がある。

「ナイジェル、お前がどうしてもと言うから――」

「はい、父さんにぜひこの劇団の公演を見ていただきたくて。本当ならフローレンスも来られたらよかったのですが」

「体調を崩すなど、まったくもって自己管理が足りん」

「フローレンスは大事な時期なので、無理をさせられません。父さんと出かけたがっていましたよ。とても評判のいい舞台ですからね」

「ふん、ただの乱痴気騒ぎだ。程度の低い平民が喜ぶような芝居など、どうせ駄作に決まっている」

「そんなことはありませんよ。その証拠に、ほら」

「やかましい！　どうせ……で、殿下⁉」

客席のざわめきが一瞬大きくなって、さっと静まりかえる。

観客の皆と同じほうに父子も顔を向けると、支配人に案内された王太子夫妻が客席に入ってきたところだった。

同行してきた近衛騎士が検分を終えた座席に、支配人と並んで二人が腰掛ける。

凜々《りり》しい貴族服姿のアベル殿下と美しいパトリシア妃の突然の登場に、劇場にいる全員の視線が釘《くぎ》付けになった。

やがて、護衛を兼ねた侍従ともいくつか言葉を交わすと、黒髪の騎士――セインは会場を見通せる通路に移る。

開演を待つ王太子夫妻の楽しげで仲睦《なかむつ》まじい様子に自然と拍手が沸き起こり、観劇への周囲の期待もますます高まった。

「このような下賤《げせん》な場所に、まさか」

「殿下もこの芝居をご覧になるとは、楽しみですね。あ、始まりますよ」

「……んんっ？　おい、ナイジェル、あの主役の男は――」

「ええ、そうです。父さんの息子で僕の弟のアンガスです。立派になりましたね」

「んな、なんだとっ⁉」

「しーっ。父さん、静かに。殿下方のお邪魔になります」

「ぐむっ」

憤りを抑え込む父に、ナイジェルはくすりと笑う。

（やったね、黙った！）

そんなマースデン子爵父子の姿に、カーラは少し離れた立ち見席で小さく握りこぶしを作った。

子爵は身分というものをそれは大事にしている。自分より下の者を蔑《さげす》む態度は腹立たしいが、分かりやすくもあった。

（絶対に逆らえない相手を出せばいいんだから、簡単だよね）

出奔《しゅっぽん》した不肖《ふしょう》の息子が立つ舞台を、王太子夫妻が喜んで観劇したら――子爵にとっては低俗でも、咎《とが》めることはできないはずだ。

まだ公表されていないが、アベルは父である国王の命でしばらく王都を離れることが決まったのだそう。

カーラに会いたがったのは、出立《しゅったつ》の前にパトリシアとお忍びデートがしたかったから、らしい。城を抜け出すのに、カーラの変身魔法で一枚噛《か》ませるつもりだったようだ。

（そんな危なっかしいイベントに、一介の薬師を巻き込まないでよね！）

というわけで、護衛を伴う観劇デートに変えていただいた。

むくれられたが、マースデン子爵の権威主義を逆手に取ったこの案を話すと「面白そうだ」と二つ返事で了承してくれた。

さらには、満足できる舞台だったら控え室を訪れて役者たちの激励もしてこよう、などと言い出すほどアベルは乗り気になってくれた。

パトリシアはそんなアベルに苦笑していたが、出かけること自体は嬉《うれ》しいようだった。

公務に慣れているとはいえ、私的な外出はやはり楽しいのだろう。

（それにしても、遠くから見ても相変わらずの溺愛ぶりだね！）

芝居が始まってしばらく経《た》つ。

アベルはそろそろ、パトリシアではなく舞台を見たらいいと思う。

（あれで婚約解消するつもりだったなんて、信じられない）

思い出して小さく膨れつつ、カーラはマースデン父子へ顔を向ける。

子爵は、客席のアベルたちも舞台上の息子も両方気になるようだ。

忙《せわ》しなく視線を交互に向けていたが、芝居に熱が入ってくると、次第に舞台だけに集中していった。

（あ、笑った……ら、我に返って顔顰《しか》めて誤魔化してる。おっかしーの！）

気まずそうに咳《せき》払いをする子爵にくすりと笑う。

幕が下りた後、アンガスとの対面の場に子爵を連れて行けるかは兄ナイジェルの説得次第だが、こうして眺めるに大丈夫そうに思えた。

アベルたちのほうをまた見ると、セインの横顔が視界に入る。

背が高い彼は、観客の邪魔にならないようにやや窮屈そうな姿勢をしていた。

頻繁に歓声や笑い声が上がる楽しい舞台なのに、どこまでも護衛任務を優先するセインはちっとも芝居を見ていない。

相変わらずの生真面目ぶりだが、だからこそ近衛なのだろう。

（騎士服が濃い色だとこういうときに目立たないから、そういう意味では良かったかな）

照明が落とされた客席で、純白の騎士服は目を引いたことだろう。

守られる者の箔《はく》は付くだろうが、客としては迷惑だ。近衛騎士の制服変更が少しは役に立っているといい。

どっと沸いた客席にあわせて、カーラも手を叩《たた》く。

(それなら気が楽……っ？)

ふと視線を感じて顔を向けると、こちらを見ているセインと目が合った。

(……⁉)

紺色の騎士服に身を包んだセインは自信ありげに口の端で笑って、驚いたカーラが瞬いているうちに、なにもなかったかのように警戒姿勢に戻る。

(えっ、な、なに今の⁉)

――カーラが劇場内にいることは告げてあった。

けれど、立ち見席は人気の芝居だけあってどこも大混雑だ。

アンジェ経由でチケットを手配してもらったし、セインがカーラの居場所を知っているはずがない。

(びっくりした……なんで分かったの？　獣の……いや、騎士の勘？)

不規則に鼓動を打つ胸を抑えながら、カーラはまた舞台に顔を向ける。

客席からはまた歓声や笑い声があがり、アベルたちも、マースデン父子も楽しそうに笑っている。

集中しようと思っても、どうしてか芝居の内容はなかなか頭に入ってこなかった。

あとがき

こんにちは、小鳩子鈴《こばとこすず》です。

この度は『薬師《くすし》の魔女《まじょ》ですが、なぜか副業《ふくぎょう》で離婚代行《りこんだいこう》しています』第二巻をお手にとっていただき、ありがとうございます。

こうして前巻の続きをお届けできたこと、本当に嬉《うれ》しいです。

今巻ではネティ以外の魔女友がでてきたり、魔女集会があったり、離婚代行の際には変身魔法だけでなく魔道具も活躍したりと、魔女そのものに関するエピソードにも多く触れました。カーラの育成魔法の様子などとあわせて楽しんでいただけたら嬉しいです。

そして本巻でも相変わらずのカーラとセインの二人ですが、少しだけ関係性に変化が見られたと思います……ええ、勘違いでなければきっと。

とはいえ、これだけ忌憚《きたん》なく言葉を交わし身体接触もあるのに、なぜもっとダイレクトにときめきに繋《つな》がらないのか。恋愛小説書きである作者が一番不思議で仕方がありません。

天然や無自覚といった性格由来というよりも、なにか見えざる力が働いている気もしますが、彼らなりの速度と距離感なのかな、とも……。

再開したものの未だ撃沈続きの魔法薬の練習や次の離婚代行とともに、引き続き見守っていただけましたら幸いです。

この場をお借りしまして謝辞を。

前巻に引き続き、イラストをご担当くださいました珠梨《しゅり》やすゆき先生。美しいカバーやピンナップ、今にもキャラ達が生き生きと動き出しそうな素敵な挿絵をありがとうございます！　前巻もですが、構図がこれまた素晴らしくて、いつまでも眺めていられます。

縁の下の力持ちをしてくださる担当様をはじめとする編集部、各方面の皆様。文字の羅列である小説を、手に取れる本という形にしてくださる、たくさんのご助力に圧倒的感謝を。

そして、この文を読んでくださっている読者の皆様。本当にありがとうございます。楽しい読書時間をすごしていただけたら本望です。

『薬師の魔女ですが～』は、コミカライズの企画も進行中です。漫画という形でも楽しんでもらえるように頑張りますので、これからも応援いただけたら嬉しいです。

ではまた、お目に掛かれますように。ありがとうございました。

DRE NOVELS

薬師の魔女ですが、なぜか副業で離婚代行しています2

2023年3月10日　初版第一刷発行

著者　小鳩子鈴
発行者　宮崎誠司
発行所　株式会社ドリコム
〒141-6019　東京都品川区大崎2-1-1
TEL　050-3101-9968
発売元　株式会社星雲社（共同出版社・流通責任出版社）
〒112-0005　東京都文京区水道1-3-30
TEL　03-3868-3275
担当編集　藤原大樹
装丁　おおの蛍（ムシカゴグラフィクス）
印刷所　図書印刷株式会社

Printed in Japan
ISBN978-4-434-31708-8

ファンレター、作品のご感想をお待ちしております。

右のQRコードから専用フォームにアクセスし、作品と宛先を入力の上、コメントをお寄せ下さい。
※アクセスの際に発生する通信費等はご負担ください。